TOM ZÜRCHER

LIEBE ROCK

MIX
Papier aus verantwortungsvollen Quellen
FSC® C004378
FSC
www.fsc.org

Grafische Gestaltung: Dorothea Löcker, Wien
Umschlagabbildung © acilo/iStockphoto
Druck und Verarbeitung:
EuroPB, s.r.o., Tschechische Republik
ISBN 978-3-7117-2110-5

Informationen über das aktuelle Programm
des Picus Verlags und Veranstaltungen unter
www.picus.at

TOM ZÜRCHER

LIEBE ROCK

ROMAN

PICUS VERLAG WIEN

Für Isabelle

Für Gino

100

Liebe Rock, wenn du das liest, bin ich tot. Tot wie dein Hund, der sich immer gewundert hat, dass ich dich rumgekriegt habe. Dabei wusste er, dass es ein Trick war, ich habe es ihm erzählt. Ein kleiner, fieser Trick, Rock, du wirst dich gleich in den Hintern beißen, auf den immer alle gestarrt haben, wenn du mit dem Tablett durch die Kneipe bist. Ich habe auch geguckt, klar, aber so, dass man es nicht merkte.

Eines Abends bist du dann neben meinem Tisch stehen geblieben und hast gefragt, was ich da die ganze Zeit in mein Wachstuchheft schreibe. Einen Roman, sagte ich, ich bin Schriftsteller. Ob ich nicht noch etwas jung für einen Schriftsteller bin? Überhaupt nicht.
Schreibst du über mich?

Nö.

Zeig mal her.

Du last den Satz von den alten Säcken, die mit ihren wässrigen Äuglein deine Jeans auszogen.

Das sind meine Jeans, oder?

Nein.

Feigling.

Ja.

99

Am nächsten Abend hast du dich an meinen Tisch gesetzt und gesagt: Hör zu, Kind. Ich brauch einen Text.

Du wolltest ein Zimmer ausschreiben. Es war klein und eng, aber ich sollte es so formulieren, dass es nicht nach Abstellkammer klang.

Kriegst du das hin?

Krieg ich das Zimmer?

Was?

Ich wohnte noch zu Hause, aber dort konnte ich nicht schreiben. Ich hatte die ganze Zeit das Gefühl, meine Eltern schauen mir über die Schultern und fragen sich, wann das Buch endlich fertig ist. Du nanntest mir den Preis und ich war einverstanden.

Zahlung im Voraus. Keine Drogen in der Wohnung.

Ich nehme keine Drogen, sagte ich. Ich trinke.

Alle meine Lieblingsschriftsteller trinken und ich wollte so sein wie sie, Rock. Ich ging das Geld abheben.

98

Als ich am nächsten Tag mit meiner Tasche bei dir einzog, war ich noch nicht verliebt in dich. Ich schaute dich gern an und mochte es, wie du dich in deinen Jeans bewegtest, aber mehr war da nicht. Du gehst übrigens wie ein Junge, hat dir das schon mal einer gesagt?

Ich fand dich zusammen mit Marc und etwas Sonne in der Küche. Marc war gerade vom Hund gebissen worden und du träufeltest Wundbenzin auf seinen Unterarm. Er schüttelte sein männliches Kinn aus und verlangte, dass der Hund eingeschläfert wird.

Aber sonst geht's dir gut?

Es ist mein Ernst, Rock. Der Hund ist gestört.

Blödsinn, er mag dich nur nicht, das ist alles.

Du klebtest ihm ein Pflaster auf die Wunde, drücktest es mit deinen warmen Händen fest und da erwischte es mich. Es schoss wie ein nasser Blitz durch mich hindurch und ich stand in Flammen. Zugleich fühlte ich, wie beschädigt ich war und dass alles noch viel mehr auseinanderfallen würde, jetzt, wo ich so lichterloh brannte.

Der Hund saß unter dem Tisch und schaute hervor. Mein Mund war ganz trocken geworden und ich sagte zu ihm, Hallo, Herr Hund. Ihr bemerktet mich endlich.

Das ist Timm, sagtest du zu Marc.

Timm, aha.

Timm nimmt das kleine Zimmer.

Die Abstellkammer?

Ich ging nach hinten, stellte die Tasche auf den kleinen Tisch und setzte mich aufs Bett. Ich vergrub mein glühendes Gesicht in den Händen, die nach der Banane rochen, die ich auf dem Weg zu dir gegessen hatte. Etwas in mir sagte, steh auf und geh, aber wohin hätte ich gehen sollen, Rock, etwa wieder nach Hause? Meine Eltern hätten das als Scheitern gewertet und ich war nicht gescheitert, ich hatte mein Wachstuchheft und das war schon recht vollgeschrieben.

Marc kam in mein Zimmer und sagte, da sind noch Sachen von ihm drin. Wir schafften ein paar Kisten und ein rotes Superbike zu ihm rüber. Dann standen wir vor seinem großen Schreibtisch und er sagte:

Du bist also Timm.

Nein.

Nein?

Ich weiß nicht, wieso ich das sagte. Ich glaube, ich wollte einfach kein solcher Langweiler sein wie er.

Wer bist du dann?

Ich betrachtete mich im Spiegelschrank. Und dann haute ich den besten Satz raus, der mir je in den Sinn gekommen ist. Er kam von tief unten, ich hörte, wie er langsam hochstieg, es rauschte und zitterte in meinen Ohren und ich sagte:

Ich bin der, der Timm spielt.

Marc kehrte in die Küche zurück und ich schrieb den Satz ins Heft. Dann ging ich ebenfalls in die Küche und hörte auf dem Weg, wie Marc zu dir sagte:

Der ist gestört.

Wieso, hat er dich gebissen?

Marc wollte wissen, woher du mich kennst und du sagtest, aus der Kneipe.

Aber da verkehren doch nur alte Säufer.

Keine Bange, Timm säuft auch. Er ist Schriftsteller.

Das beeindruckte Marc. Er wollte wissen, welche Bücher von mir sind.

Ich arbeite noch an meinem Erstling, sagte ich.

Dann bist du kein Schriftsteller.

Doch, ich schreibe einen Roman.

Schriftsteller ist man erst, wenn man veröffentlicht hat.

Und was ist man bis dahin?

Keine Ahnung, sagte Marc. Vielleicht einer, der einen Schriftsteller spielt?

Nicht schlecht, dachte ich. Er selber war auch ganz entzückt von seinem Satz, reckte stolz sein Kinn. Du wartetest darauf, dass ich etwas entgegnete, aber ich brachte nichts heraus. Ich sah in deine schwarzen Augen und schwitzte. Liebe muss flüssig sein, Rock, wie sonst kann sie so in einem kochen?

97

Am Abend bist du zur Arbeit gegangen und hast Marc und mich allein in der Wohnung gelassen. Das konnte nicht gut gehen.

Marc briet sich ein Omelett und ich fragte, ob ich was davon abhaben kann. Er meinte, einer muss noch mit dem Hund raus und ich sagte, gut, ich mach's, wenn er mir sein Handy leiht. Kein eigenes?

Nö.

Wie kann man so leben?

Im Treppenhaus fragte ich den Hund, ob du und Marc ein Paar seid. Er wusste es nicht. Er wusste nur, dass Marc dich hin und wieder fickt, weil er dann aus dem Zimmer muss.

Hast du ihn deswegen gebissen?

Er hat so laut gepfiffen.

Wir müssen schauen, dass er das nie wieder tut, sagte ich.

Pfeifen?

Das auch.

Im Park nahm ich die Leine ab und der Hund trottete zu den Bäumen. Ich rief zu Hause an. Mutter nahm ab und sagte, sie kann jetzt nicht reden, sie ist am Kochen. Sie klang verstimmt und ich wusste wieso. Ihr ältester Sohn war heute ausgezogen und das steckt man nicht so einfach weg als Mutter. Als Sohn auch nicht. Das wollte ich ihr sagen, drum hatte ich angerufen. Hast du dir endlich ein Handy gekauft?

Gehört dem Freund von Rock.

Deine Freundin hat einen Freund?
Kumpelfreund.

Ich hatte den Eltern erzählt, dass du meine Freundin bist. Damit sie sich einen Reim auf meinen plötzlichen Auszug machen konnten und nicht dachten, es ist wegen ihnen.

Du, ich kann hier prima schreiben, sagte ich jetzt zu Mutter. Ich hab vorhin einen Wahnsinnssatz hinbekommen, möchtest du ihn hören?

Ist gut, sagte sie und hängte auf.

Ich ging den Hund suchen.

Marc wartete mit dem Essen auf mich. Einen Salat hatte er auch noch gemacht. Er versuchte mich auszufragen, aber ich passte auf und gab nicht viel preis von mir. Ich holte mein Wachstuchheft und schrieb ein paar Sätze am Küchentisch, damit er sah, dass ich ein richtiger Schriftsteller bin. Er stellte die Teller in die Spüle und verzog sich in sein Zimmer.

Aus einer offenen Flasche schenkte ich mir etwas Rotwein ein. Dann ging ich in dein Zimmer, deine warme Höhle aus Tüchern und Kissen, und legte mich auf die Matratze. Ich bedeckte mein Gesicht mit einem T-Shirt von dir und spürte, wie du mich küsstest. Mein Herz klopfte wie wild.

Als ich aufwachte, schaute Marc auf mich herunter. Er steckte in einem weißen Unterleibchen und sah aus wie ein Vorturner. Du standest neben ihm. Ich war nicht allein im Bett, der Hund hatte sich zu mir gelegt. Jetzt stand er auf und zottelte aus dem Zimmer. Ich rührte mich nicht. Ich wollte nicht, dass Marc dir seinen gelben Schwanz reindrückt.

Komm schon, sagtest du.

Marc machte die Tür hinter mir zu.

Auf dem Küchentisch lagen Zigaretten. Ich zündete mir eine an und rauchte. Der Hund legte seine Schnauze auf mein Knie und schaute mich an. Ich kraulte seinen Hals, dann ging es los. Du warst so laut, dass es mich tief in den Bauch stach. Wie schafft es dieser Langweiler bloß, dich so zum Schreien zu bringen? Verprügelt er dich?

Das tut weh, sagte ich zum Hund.

Wenigstens pfeift er nicht.

Hättest ihn woanders beißen sollen.

96

Am nächsten Tag, als ich aufwachte, standest du halb nackt neben meinem Bett und strecktest mir die Hand hin. Ich dachte, du willst mich zu dir rüberholen und fragte, wo Marc ist.

Weg. Nun nimm schon.

Erst jetzt sah ich das Handy in deiner Hand. Mein Vater war dran, er sagte, er hat einen Verlag.

Was für einen Verlag?

Für dein Buch.

Es ist doch noch gar nicht fertig.

Kannst du um zwölf in der Kantine sein?

Ich brachte dir das Handy in die Küche, aber du warst unter der Dusche. Also las ich die Mitteilungen, die Marc dir im Laufe des Morgens geschickt hatte. Er war zu seiner Großmutter rausgefahren, die eine schlimme Nacht hinter sich hatte. Er wollte bis morgen bleiben, was ich gut fand, denn so konnte er nicht auf dir rumturnen. Über mich schrieb er auch etwas:

Hüte dich vor Timm. Ich trau ihm nicht.

Das traf mich. Er kannte mich noch nicht gut genug, um so etwas sagen zu dürfen. Ich schrieb zurück:

Hab auch eine schlimme Nacht gehabt. Hast mir wehgetan. Wieso hast du nicht aufgehört, hast doch mitgekriegt, wie ich vor Schmerzen geschrien habe. Das ist Vergewaltigung, du blöder Kerl. Wir sehen uns vor Gericht!

Ich schickte es nicht ab. Dafür las ich eine Nachricht von deiner Mutter, die soeben reinkam.

Guckst du mein Zeug an?

Ich hatte dich nicht gehört. Ich sagte, deine Mutter will zum Abendessen kommen.

Ich hasse das.

Dass ich's gelesen habe?

Dass die Alte kommen muss.

Soll ich dabei sein? Als Marc-Ersatz?

Ach, Kind.

Du nahmst die Leine und gingst mit dem Hund raus.

Ich mochte es, wenn du *Kind* zu mir sagtest. Für Marc hattest du sicher auch einen Kosenamen, nanntest ihn Stier oder Stecher oder Pferdebauschen, doch ihn hattest du nur mit dem Schoß gern, während du mich mit dem Herzen einer besorgten Mutter liebtest.

Ich musste zu Vater. Es war fast zwölf.

Ich borgte mir das rote Superbike aus Marcs Zimmer und raste durch die Stadt. Als ich es vor der Kantine abstellte, merkte ich, dass ich kein Schloss dabeihatte. Ich lehnte es an die Fensterfront, damit ich es von innen im Auge behalten konnte.

95

Vater saß an seinem gewohnten Platz. Er trug Jackett und Krawatte und sah aus, als würde er immer noch hier arbeiten, dabei hatten sie ihn letztes Jahr entlassen. Sie nannten es Frühpensionierung, aber es war ein Rauswurf mit fünfundfünfzig. Wenigstens durfte er weiterhin in der Kantine essen, worüber wir alle sehr froh waren, denn die Kantine war dreißig Jahre lang sein Zuhause gewesen wie die Versicherung, zu der sie gehörte.

Da bist du ja, sagte er. Wir haben noch ein paar Minuten, bis er kommt.

Bis wer kommt?

Der Verleger. Wie war deine erste Nacht? Kannst du schreiben?

Der Verleger war lang und dünn. Er nahm neben Vater Platz und lächelte. Vater stellte ihn als ehemaligen Arbeitskollegen vor, der die Versicherung vor Jahren verlassen hatte, um einen eigenen Verlag zu gründen.

Und das hier, sagte Vater, ist mein Schriftstellersohn Timm. Kannst du mal was zeigen, Timm?

Ich holte mein Wachstuchheft hervor und fächerte es auf, damit man die eng beschriebenen Seiten sehen konnte.

Ist das alles?, sagte Vater.

Das sieht doch schon recht gut aus, fand der Verleger. Darf man fragen, worum es geht?

Um den ersten Satz, sagte ich.

Interessant. Nur um den ersten?

Nicht nur, aber er ist der wichtigste.

Mehr wollte ich nicht verraten. Vater strich sich nervös über die Krawatte und der Verleger lächelte. Ich sagte, der erste Satz ist wie ein Samenkorn, er trägt die ganze Geschichte bereits in sich und alle anderen Sätze sprießen aus ihm heraus. Der Verleger fragte, ob man diesen famosen ersten Satz einmal hören dürfte.

Nein.

Hast du ihn etwa noch nicht?, sagte Vater.

Klar hab ich ihn.

Ich klappte das Heft zu.

Rock, ich hatte eine Menge guter Sätze, aber der erste war noch nicht dabei. Ich wusste, wie sich ein perfekter erster Satz anfühlt, ich hatte mal einen geschrieben. Das war während eines Kinderschreibwettbewerbs, den die Versicherung veranstaltet hatte. Ich konnte nicht mehr aufhören zu schreiben, kritzelte wie im Rausch einen riesengroßen Gurkensalat zusammen und gewann einen silbernen Kugelschreiber.

Eine Frau von der Personalabteilung sagte, dass ich großes Talent besitze, da kein anderes Kind so viel geschrieben hatte. Vater erzählte es beim Abendessen meiner Mutter und ich sah, wie sie meine Geschichte nahm und im roten Ordner ablegte, wo sie alle wichtigen Sachen aufbewahrte.

Die Kantine füllte sich. Vater nickte ein paar Kollegen zu. Der Verleger sagte:

Gut. Ich mache es.

Was machst du?

Das Buch.

Ist das wahr?

Mir gefällt es. Diese sprießenden Sätze – toll.

Hast du gehört, Timm? Du hast einen Verlag!

Wir müssen uns noch über den Vorschuss einig werden, meinte der Verleger, aber Vater winkte ab, zuerst wird gegessen, kommt, ich lade euch ein.

Wir nahmen Pasta mit etwas Fisch. Der Verleger kam nochmals auf den Vorschuss zu sprechen und schlug zwanzigtausend vor. Ich war sofort einverstanden, aber leider war es anders gemeint. Der Vorschuss sollte für den Verlag sein, als Kostenbeteiligung für Druck und Vertrieb.

Woher soll ich zwanzigtausend nehmen?, sagte ich.

Ich strecke es dir vor, sagte Vater, aber ich schüttelte den Kopf, er hatte selber kein Geld.

Du willst doch Schriftsteller werden, Timm.

Das bin ich bereits.

Genau genommen ist man es erst, wenn man ein Buch herausgebracht hat, sagte der Verleger.

Und was ist man bis dahin?

Gute Frage. Ich werde das für Sie abklären.

Er machte sich eine Notiz und Vater guckte mich an und sagte, Timm, lass mich den Vorschuss übernehmen. Du kannst es mir zurückzahlen, sobald die Tantiemen fließen.

Und wenn sie nicht fließen?

Oh da bin ich zuversichtlich, sagte der Verleger. Er meinte, man muss sich den Roman gedruckt vorstellen, wie er mit einem schönen Umschlag im Buchladen aufliegt. Ich sah Mutter, wie sie im Regen vor einem Schaufenster stehen bleibt, weil sie darin mein Buch entdeckt hat.

Also gut, sagte ich.

Vater klatschte in die Hände und der Verleger lächelte.

Als ich aus der Kantine trat, war das rote Superbike weg. Die Sonne schien.

94

Zu Hause fischte ich eine Unterhose aus dem Wäschekorb und hielt sie dem Hund vor die Nase. Er weigerte sich, daran zu schnuppern.

Komm, die gehört Marc. Wir müssen sein Bike finden.

Auf der Straße zog er sofort in Richtung Park, dass ich dachte, er hat Witterung aufgenommen. Aber er wollte nur zu seinen Bäumen. Das Superbike war verloren und ich war es auch. Quatsch, ich hatte keine Angst vor Marc.

Der Nachmittag war viel zu hell. Ich ließ den kleinen Rollladen im Zimmer runter und ging schlafen. Abends kam dann deine Mutter zum Essen und verriet mir diesen kleinen, fiesen Trick.

93

Du warst nicht gut drauf. Du aßt eine halbe Zwiebel, die vom Kochen übrig geblieben war, und rauchtest eine Zigarette dazu. Ich deckte den Tisch. Neben dem Herd standen fünf Flaschen Rotwein. Entkork sie alle, sagtest du. Du erträgst deine Mutter nicht nüchtern.

Ist sie so schlimm?

Du wirst schon sehen.

Was ich dann sah, war eine wilde Schönheit mit roten Haaren. Wir mochten uns auf Anhieb. Es lag auch daran, dass wir ein paar gute erste Sätze hatten. Ich machte die Tür auf, als sie klingelte, und sie sagte:

Oh, wer bist du denn?

Ich bin der, der Timm spielt.

Und wen spielst du sonst noch so?

Marc.

Sie lachte und ich nahm ihr die Einkaufstüte ab und trug sie in die Küche. Sie hatte ebenfalls mehrere Flaschen Rotwein dabei. Ich schenkte die Gläser ein, wir setzten uns, aßen und tranken zu viel.

Du hattest Spaghetti mit Tomatensauce gekocht. Du sprachst fast nichts. Dafür redeten deine Mutter und ich umso mehr. Sie wollte alles übers Schreiben wissen, wann und wo ich's tat und wie ich die richtigen Worte fand. Ich zeigte ihr das Wachstuchheft und sie durfte es sogar in die Hand nehmen und darin blättern.

Wo ist eigentlich Marc?

Bei seiner Großmutter, sagtest du.
Stimmt nicht, sagte ich, er ist hier.

Ich ging in sein Zimmer und holte ein weißes Hemd aus dem Spiegelschrank. Ich zog es an und streckte Brust und Kinn raus. Dann setzte ich mich wieder zu euch und kaute mit ernstem Gesicht Spaghetti. Deine Mutter lachte und du musstest schmunzeln.

Na, Marc, sagte deine Mutter, wie geht es deiner Frau Großmutter?

Großartig, sagte ich, sie ist gestorben.

Die Heiterkeit brach ab.

Trink nicht so viel, wenn du's nicht verträgst, sagtest du.

Ich schenkte die Gläser voll und sagte, wir Schriftsteller vertragen eine Menge.

Vielleicht sollten wir alle etwas langsamer trinken, schlug deine Mutter vor.

Wir tranken und schwiegen.

Dein Handy läutete. Du reichtest es an mich weiter, es war mein Vater. Er sagte, der Vorschuss ist überwiesen, wir können loslegen.

Bist du beim Essen? Entschuldige, wollte nicht stören. Gute Nacht, Timm.

Gute Nacht, Papa.

Gute Nacht, *Papa*, äfftest du mich nach.

Wie nennst du denn deinen Vater?, fragte ich und du leertest dein Glas und knalltest es auf den Tisch. Ich soll mir gefälligst ein eigenes Handy anschaffen, du hast es satt, die Telefonistin für meine Familie zu spielen.

Liebes, sagte deine Mutter.

Fotze, sagtest du.

Dann legtest du dem Hund die Leine an und zogst ihn aus der Wohnung. Ich blieb allein mit deiner Mutter zurück. Ihre Augen waren ganz weich geworden. Wir schenkten uns gegenseitig Wein ein, bis es zu diesem blöden Pakt kam. Es steckte keine böse Absicht dahinter, Rock. Deine Mutter und ich kämpften nur um ein Stück Liebe von dir, jeder auf seine eigene, armselige Art.

92

Bist ganz schön verknallt, sagte deine Mutter.

Nein.

Sei ehrlich.

Nein.

Ich gab's dann doch zu. Ich kleckerte etwas Rotwein auf Marcs Hemd und sagte, ich hätte gern seinen Bums.

Das richtige Rasierwasser würde genügen, sagte deine Mutter.

Was?

Sie meinte, es gibt da eins, das dich ganz verrückt macht. Ich holte Marcs Rasierwasser aus dem Badezimmer, aber sie schüttelte den Kopf:

Eine ältere Marke.

Wie heißt sie?

Sag ich nicht. Ich hab schon zu viel gesagt.

Ich löschte das Licht und zündete eine Kerze an. Deine Mutter holte das Handy aus der Tasche und schaute nach, ob du angerufen hast. Alberne Angewohnheit, sagte sie, du hast sie noch nie angerufen.

Wie, noch nie?

Gar nie.

Sie kratzte sich am kleinen Zebrastreifen-Tattoo am Handgelenk. Ihr Kopf stand in Flammen von den vielen roten Haaren, die jetzt nach allen Seiten abstanden. Sie hatte etwas von einer Hexe, einer sehr attraktiven Hexe mit einer noch attraktiveren Tochter, die, wie ich allmählich spürte, nicht nur mir das Herz gebrochen hatte.

Deine Mutter sagte, sie kann schon froh sein, wenn du nicht jeden ihrer Anrufe wegdrückst und ihr euch alle paar Monate hier in der Küche seht.

Was ist denn passiert?

Das Leben ist passiert. Das nackte Leben.

Sie stand auf und wankte zur Toilette.

Als sie zurückkehrte, schauten wir der Kerze zu. Sie gab ein schönes Licht. Ich erklärte deiner Mutter, ich kann dich vielleicht dazu bringen, sie anzurufen. Nein, das schafft keiner. Du würdest sie nicht mal anrufen, wenn sie im Sterben läge. Aber ich bin gut in solchen Dingen, sagte ich, ich bin ein Familienmensch.

Komm, lass uns wetten.

Hör zu, Timm, ich habe zu viel getrunken.

Wir haben beide zu viel getrunken. Worum wetten wir?

Was willst du?

Wenn Rock dich anruft, verrätst du mir den Namen.

Welchen Namen?

Vom Rasierwasser.

Nein, Timm. Wirklich nicht.

Zwei Gläser später schlug sie ein. Ich streute Salz über unsere Hände, damit es galt. Es gab eine große Sauerei auf dem Tisch und auf dem Wachstuchheft, ich war ziemlich hinüber.

Deine Mutter schaute wieder in die Kerzenflamme. Ihre Augen lösten sich in einem grünen See auf und ich sah auf dem Grund die tiefe Ohnmacht. Dann stand sie auf, zog ihre Tasche vom Boden hoch und ging zur Wohnungstür. Sie gab mir einen Kuss auf die Wange und versank im Treppenhaus.

Nachher blies ich die Kerze aus und aß im Dunkeln kalte Spaghetti aus der Pfanne. Ich war auch traurig. Die ganze Zeit schon, seit Vater angerufen hatte. Ich hatte Heimweh. Drum war die Wette mit deiner Mutter auch nicht unfair gewesen, es war nur ein Spiel unter Traurigen. Doch, es war doof, tut mir leid.

Ich hörte den Hund im Treppenhaus und knipste das Küchenlicht wieder an.

91

Du warst immer noch sauer, das sah man auf den ersten Blick.

Wo wart ihr denn so lange?

Och, hat Papa sich Sorgen gemacht?

Nein, aber deine Mutter. Ruf sie an.

Wohl besoffen.

Ja. Ruf sie an.

Wer hat das ganze Salz ausgeleert?

Ruf sie an und sag ihr, dass du gut nach Hause gekommen bist.

Du bist so ein Idiot, eh.

Und du eine miese Tochter. Das hat sie nicht verdient. Niemand hat dich verdient, Rock.

Du hörst jetzt besser auf, oder –

Oder was?

Du marschiertest auf die Toilette und knalltest die Tür zu. Ich nahm dein Handy und rief deine Mutter an. Sie ging sofort ran, sagte erwartungsvoll:

Ja?

Ich sagte mit verstellter Stimme:

Hab dich lieb.

Ich dich auch, Timm.

Rock ist gut nach Hause gekommen, sagte ich mit normaler Stimme und deine Mutter wünschte uns eine gute Nacht.

Als du wieder in die Küche kamst und sahst, dass ich mit dem Abwasch begonnen hattest, stelltest du dich neben mich und trocknetest ab.

Tut mir leid, sagtest du.

Ja, mir auch, sagte ich.

Ich hasse meine Mutter, sagtest du.

Wie kann man seine Mutter hassen?, sagte ich. Eine Mutter ist doch Liebe pur. Wie kann man Liebe hassen?

Du lächeltest wie über einen kleinen, naiven Jungen. Das ärgerte mich. Ich war genauso erwachsen wie alle anderen auch, nur nicht so steif und abgelöscht. Ich rächte mich, indem ich sagte, du hast zugenommen. Du lächeltest immer noch. Ich sagte:

Deine Spaghetti waren fad wie Schnürsenkel. Wir mussten nachwürzen, deine liebe Mutter und ich, drum das Salz überall. Du bist nicht nur eine miese Tochter, sondern auch eine miese Köchin.

Du schnapptest mein Wachstuchheft und versuchtest es zu zerreißen. Ich packte dich und wrang es dir aus den Händen. Dann wollte ich dich in den Schwitzkasten nehmen, aber wir fielen hin und kämpften auf dem Boden weiter. Das Hemd riss auf und die Knöpfe flogen durch die Küche.

Du hattest eine Wahnsinnskraft, nicht nur weil du wütend warst, auch sonst. Ich musste alles geben, damit du mich nicht mehr für einen kleinen Jungen hieltest. Wir wälzten uns eng umschlungen zwischen den Stühlen, schwitzten und keuchten und ich roch deine Haare, deine Haut und deine Hitze. Irgendwann ließen wir los und blieben zitternd auf dem Rücken liegen. So etwas Schönes hatte ich noch nie erlebt. Wir blieben eine ganze Weile so liegen, bis du aufstandest und ins Bad gingst.

Ich wusch fertig ab und wischte den Boden. Der Hund kam in die Küche und ich fragte ihn, was ich jetzt tun soll.

Wie wär's mit schlafen?

Er streckte sich vor dem Kühlschrank aus und legte den Kopf auf die Pfoten.

Ich ging zu deinem Zimmer. Du standest nackt vor dem offenen Fenster und zogst dir ein großes T-Shirt über, das dir wie ein Nachthemd über die Hüften fiel. Du hattest ebenfalls ein kleines Zebrastreifen-Tattoo, dasselbe wie deine Mutter, aber versteckt in der Kniekehle.

Als du dich umdrehtest und mich sahst, schien es dir egal zu sein, dass ich dich nackt gesehen habe. Du verkrochst dich in dein Deckenparadies, ich blieb unter der Tür stehen:
Darf ich bei dir schlafen?

Keine Antwort. Da zog ich Hose und Socken aus und legte mich auf eine freie Stelle auf der Matratze. Ich lag da in meinen Boxershorts und Marcs geschundenem Hemd und wartete darauf, dass du ausflippst und mich zum Teufel jagst. Aber nichts dergleichen geschah. Du gabst mir sogar ein bisschen von deiner Decke ab.

90

Am Morgen lag dann auch der Hund im Bett. Es war gemütlich zu dritt. Bis Marc ins Schlafzimmer trat, auf uns herunterstarrte und nach Luft schnappte. Deine Augen wurden zu zwei gefährlichen Schlitzen. Es wurde heiß, der Hund hechelte und Marc sagte:

Was habt ihr …?

Wonach sieht es denn aus?

Ha!

Marc blickte zwischen dir und mir hin und her und wusste nicht, wohin mit seinen Händen. Du kratztest dich durchs Nachthemd-T-Shirt an der Brust und sagtest:

Ich gehör nicht dir, Marc. Ich gehör niemandem.

Er drehte sich um und stapfte aus dem Zimmer. Ich fragte, ob wir wirklich haben und du fuhrst mir durchs Haar und sagtest, träum weiter, Kind.

Wir wechselten in die Küche, du, der Hund und ich. Der Anblick der vielen leeren Flaschen trieb mir den Schweiß aus den Poren. Mein Kopf war mit Holzwolle ausgestopft. Ich stellte mich auf den kleinen Küchenbalkon und schaute zu den hohen Bäumen des Parks hinüber. Ihre saftigen Kronen schüttelten sich im Wind und ich atmete tief ein. Unten auf der Straße hupten die Autos. Sie waren ungeheuer weit unten, sahen aus wie Spielzeugautos und furzten um die Wette. Das dünne Balkongeländer gab nach, wenn man sich zu fest anlehnte.

Ich setzte mich zu dir an den Küchentisch, wir tranken Kaffee. Du sahst umwerfend aus. Ich tat, als beobachtete ich den

Hund, der neben dir saß, dabei betrachtete ich deine Beine. Dann schaute ich dir ins Gesicht, direkt in die schwarzen Augen. Ich wusste, dass das gefährlich ist, dass man sich darin verlieren und für immer untergehen kann, aber ich war zu schwach, um zu widerstehen.

Was guckst du?

Du lachtest. Wie gern hätte ich jetzt dieses Rasierwasser gehabt. Marc kam in die Küche geschossen, den Kopf rot wie ein Superbike, er baute sich vor mir auf und sagte:

Wo ist es?

Was?

Hast du es verkauft?

Wovon sprichst du?

Rock, er hat mein Bike gestohlen.

Der spinnt, sagte ich. Ich würde nie etwas von ihm anfassen.

Ach ja? Und was ist das da? Er zeigte auf sein zerschlissenes Hemd, das immer noch an mir hing. Das ist doch auch von mir!

Er nahm mein Wachstuchheft vom Tisch und drohte, es so lange zu behalten, bis ich ihm Hemd und Bike ersetzt habe. Ich stand auf und sagte, er soll mein Heft in Ruhe lassen. Es enthielt ein ganzes Jahr Arbeit, meine verfluchte Zukunft steckte da drin. Er lachte abschätzig. Da sprang ich ihm an den Hals, wollte ihn in den Schwitzkasten nehmen, aber er schwang herum und schleuderte mich zu Boden. Er bückte sich zu mir herunter und hielt mir schnaubend die Faust vors Gesicht.

Komm wieder runter, Alter, sagte ich. Ich hab dein Bike nicht genommen, ich hab nur Rock genommen.

Ein Hammer explodierte an meinem Kopf. Die ganze Holzwolle stob heraus und der Hund jaulte, als wäre er getroffen worden.

Marc richtete sich auf, warf dir unter spöttischem Zucken seiner Oberlippe einen kalten Blick zu und stolzierte aus der Küche. Mein Heft nahm er mit.

89

Ich blieb mit geschlossenen Augen auf dem Küchenboden liegen und rührte mich nicht. Du beugtest dich über mein Gesicht, deine Haare kitzelten mich an der Nase und ich musste lachen.

Doch nicht tot?

Hab ich einen letzten Wunsch gut?

Sag.

Ich wollte dein Lieblingsrasierwasser wissen, aber du sagtest, du benutzt keins. Das Lachen schmerzte im Gesicht. Marc hatte mich am rechten Auge erwischt, da war jetzt alles rot drum herum und über dem Wangenknochen spannte eine schnittförmige Platzwunde. Du sagtest, Manno, dass der so zuschlagen kann, hättest du ihm nicht zugetraut. Es klang fast ein wenig bewundernd, aber die Sorge um mich war größer. Du holtest Salbe und Pflaster aus dem Bad und ich genoss es, von deinen warmen Händen verarztet zu werden.

Hast du's wirklich nicht genommen?

Sein Bike?

Schwör's.

Ich richtete mich auf und sagte, ich habe einen anderen letzten Wunsch: dass du deine Mutter anrufst. Wieso ich schon wieder damit komme. Ich soll dich mit deiner Mutter in Ruhe lassen.

Du könntest es eines Tages bereuen, sagte ich.

Wieso?

Ich schaute so ernst drein, wie ich konnte, was dich prompt verunsicherte. Ob ich etwas weiß, das du nicht weißt. Ich schwieg bedeutungsvoll.

Rück schon raus.

Zuerst hattest du Marc wegen unserer Nacht angelogen. Dann hatte ich euch beide wegen des Bikes angelogen. Doch die dickste Lüge kam jetzt. Zuvor musstest du mir dein Ehrenwort geben, dass du deiner Mutter nichts sagst. Sie darf nicht merken, dass ich's dir erzählt habe. Du versprachst es mir in die Hand, ich streute Salz darüber und sagte feierlich:

Ihr Herz blutet.

Was?

Na ja, Herzinfarkt. Vor ein paar Monaten.

Du wurdest bleich. Deine Augenlider begannen zu zittern. Ich sagte noch, sie wäre beinahe gestorben, da liefen dir die Tränen über die Wange und ich fühlte mich auch nicht mehr gut.

Warte, sagte ich, doch du stürztest aus der Küche. Ich wollte dem Hund erklären, wieso ich das getan habe, aber er mochte es nicht hören und drehte den Kopf ab. Ich bekam ein schlechtes Gewissen, auch gegenüber Marc und seinem Bike. Ich nahm mir fest vor, alles wiedergutzumachen und nötigenfalls auszuziehen, dass ihr in Frieden weiterleben könnt.

Ich trank ein kleines Gläschen Wein, damit es mir wieder besser ging. Nach einer Weile kamst du aus deinem Zimmer und strecktest mir das Handy hin. Mir schwante nichts Gutes. Ich hielt es mir ans Ohr, es war ganz warm und auf der anderen Seite sagte jemand überglücklich:

Danke, Timm.

Ich erfuhr den Namen des Rasierwassers.

88

Du gingst mit dem Hund raus. Wenig später verließ auch Marc die Wohnung und ich konnte mein Wachstuchheft zurückholen. Seine Tür war zwar nun abgeschlossen, aber ich kam trotzdem rein, der Schlüssel von meinem Zimmer ging auch bei ihm.

Das Heft lag auf dem Schreibtisch. Marcs Handy auch, er würde nicht lange weg sein. Ich nahm das Heft, wollte gehen, da fing das Handy zu vibrieren an. Die Nummer von zu Hause leuchtete auf, ich nahm ab. Es war Mutter, sie fragte, ob ich heute zum Mittagessen kommen mag.

Gern. Warum?

Sag ich dir dann.

Ich konnte es mir denken. Vater hatte ihr vom Verlag erzählt und nun wollte sie mir zur Belohnung etwas Feines kochen. So wie damals, als ich die Aufnahmeprüfung ins Gymnasium bestanden hatte und sie mir Eierschnittchen mit Weinschaum machte. Und jetzt hatte ich eine noch viel größere Prüfung geschafft, diejenige zum Schriftsteller, was eine doppelte Portion Eierschnittchen zur Folge haben dürfte.

Ich musste auflegen, Marc konnte jederzeit zurückkehren. Mutter sagte, es ist ihr unangenehm, immer auf fremden Handys anrufen zu müssen, um mit ihrem Sohn zu reden. Nicht mehr lange, versprach ich, ich werde mir ein eigenes zulegen, sobald die Tantiemen fließen.

Welche Tantiemen?

Na, von meinem Buch.

Mit Beni stimmt was nicht, sagte sie.
Mit Beni stimmt schon lange was nicht, sagte ich.
Nicht das, sagte sie.

Nun musste ich wirklich Schluss machen, ich hörte Schritte im Treppenhaus. Sie kocht auf halb eins, sagte Mutter, ob ich einen Wunsch habe.

Na, Eierschnittchen mit Weinschaum natürlich.

87

Ich wollte Mutter ein Geschenk mitbringen und ging in die nächste Buchhandlung, um mir alle Bücher zeigen zu lassen, die es von meinem Verlag gab. Leider hatten sie gerade keins auf Lager. Die Verkäuferin schaute im Computer nach und schickte mich ins Hauptgeschäft, wo ein Büchlein in der Lyrik-Abteilung stehen sollte. Ich hoffte auf eine gebundene Ausgabe mit Lesebändchen, Mutter liebte solche Bücher, aber dann stand es nicht dort, wo es hätte stehen sollen. Ein netter Verkäufer ging mit mir sämtliche Regale durch, doch das Büchlein blieb unauffindbar.

Ich kam viel zu spät zum Mittagessen. Mutter schimpfte nicht. Sie sagte auch nichts zu meinem Auge, das sich inzwischen blau und grün verfärbt hatte.

Wir aßen im Wohnzimmer Kartoffeln mit roten Würsten. Die Sauce war eingetrocknet, weil die Teller im Backofen in der Wärme gestanden hatten, und ich trank kalten Apfelsaft dazu. Ich erzählte vom Verlag, dessen Bücher ziemlich begehrt sein müssen, weil sie in zwei Buchhandlungen ausverkauft waren.

Hättest du nicht gedacht, gell?

Hm?

Dass es klappen würde.

Was?

Das Schreiben.

Ah ja.

Vor einem Jahr hatte ich meinen Eltern eröffnet, dass ich das Gymnasium verlassen habe, um Schriftsteller zu werden. Sie waren nicht begeistert. Zum einen, weil es kurz vor der Matura war, und zum andern, weil ich nie gute Noten im Aufsatz hatte. Was aber nicht an mir lag, sondern an der Deutschlehrerin, die mein Zeug nicht verstand. Zudem wollte sie mich dafür bestrafen, dass ich in der indirekten Rede den Konjunktiv verweigerte. Aber der klang nun mal nicht gut in meinen Ohren. Freust du dich darauf, meinen Roman zu lesen?

Doch, Timm, sagte Mutter und wischte sich den Mund an der Serviette ab. Dann fragte sie, ob wir noch über etwas anderes reden können als nur über das Buch.

Sie stellte die leeren Teller zusammen und sagte, Beni hat Probleme. Er kommt in letzter Zeit oft mit nassen Haaren von der Arbeit nach Hause. Ich sagte, vielleicht regnet es im Büro durchs Dach.

Außerdem stottert er weniger, sagte Mutter.

B-B-Beni stottert weniger?

Findest du das lustig?

Nein. Tut mir leid.

Ich fürchte, dein kleiner Bruder nimmt Drogen.

Beni? Drogen? Niemals.

Doch, Timm. Eine Mutter spürt so etwas.

Ich schlug vor, sie soll Beni direkt fragen, er ist nicht gut im Lügen und kann keine Geheimnisse für sich behalten. Aber sie wollte nicht, dass er sich vor ihr schämte.

Beni ist kein Junkie, Mama.

Sag doch nicht Junkie!

Sie stand auf und ging in die Küche. Als sie mit Kaffee und einem Teller Biskuits zurückkam, fragte sie, ob ich mit Beni reden kann. Ich könnte ihn von der Arbeit abholen und einen Eistee mit ihm trinken gehen.

Warum ich?
Er schaut immer noch zu dir auf.
Was heißt immer noch?
Er wartet um fünf Uhr in der Kantine auf dich.

Unter der Haustür betrachtete sie mein ramponiertes Gesicht. Sie wollte wissen, wann ich meine restlichen Sachen abholen komme, Beni zieht in mein Zimmer. Sie gab mir einen Kuss auf die heile Wange und sagte, ich soll sie anrufen, sobald ich mit ihm gesprochen habe.
Aber überrumple den armen Schatz nicht, ja?
Keine Bange.
Versprochen?
Ich versprach es ihr in die Hand. Zum Glück ohne Salz.

86

Bis ich Beni abholen musste, war noch Zeit für ein Bier. Vielleicht fielen mir auch zwei, drei neue Sätze ein.

Ich ging in die Kneipe, setzte mich an meinen Tisch und trank. Draußen schien die Sonne, aber hier drin war es schön ruhig. Es roch nach altem Zugabteil und ich genoss Raum und Zeit, wovon es auf den knarzenden Stühlen immer reichlich gab.

Ich dachte mir eine lustige Geschichte aus mit einem jungen Kerl, der stets nasse Haare hatte, weil er im Büro immer in den Schwitzkasten genommen wurde.

Ich bestellte ein neues Bier.

Ich trank, schrieb und fühlte mich gut.

Ich überlegte, was ich nachher zu Beni sagen soll, ohne den armen Schatz zu erschrecken. Ich notierte es ins Heft:

Hey, Crackhead, Mutter will auch von deinem Stoff.

Ich bestellte Whiskey Cola.

Ich blätterte im Heft und las frühere Sätze. Die waren auch ein Schatz, ein Goldschatz.

Dann kam plötzlich Leben in die alten Säufer an den vorderen Tischen. Sie begannen sich zu strecken und zu rumoren und ich hob den Kopf und sah, dass du deine Schicht angetreten hast. Fünf Uhr musste längst vorbei sein. Du kamst an meinen Tisch und sagtest, meine Mutter hat angerufen.

Kann ich mir vorstellen.

Willst du sie zurückrufen?
Kann ich mir nicht vorstellen.
Alles gut?

Ich hatte Hunger. Ich legte das Geld auf den Tisch und ging. Du sagtest, ich soll aufpassen, Marc ist zu Hause.

85

Auf dem Heimweg suchte ich eine Drogerie auf und erkundigte mich nach dem Rasierwasser. Die Drogistin meinte, sie verkaufen diese Marke schon lange nicht mehr, aber vielleicht finde ich sie noch im alten Coiffeursalon um die Ecke.

Ein kleiner Friseur war gerade dabei, abzuschließen. Er erinnerte sich an das Rasierwasser, es hatte ein warmrotes Etikett auf dem Fläschchen. Ich soll ihm etwas Zeit lassen, möglicherweise kann er eins auftreiben. Ich gab ihm deine Nummer.

Zu Hause holte ich die übrig gebliebenen Spaghetti aus dem Kühlschrank und machte sie warm. Die Tomatensauce kochte ich mit einem Schuss Rotwein auf, öffnete das Balkonfenster und ließ frische Abendluft herein. Die Wohnungstür ging, dann kamen Marc und der Hund in die Küche und ich fragte den Hund:

Habt ihr euch versöhnt?

Sollten wir auch tun, sagte Marc.

Esst ihr mit?

Der Hund bekam Trockenfutter, Marc und ich das Aufgewärmte. Marc füllte zwei Gläser mit Wasser und stieß mit mir an:

Auf einen Neuanfang.

Besonders wohl fühlten wir uns nicht. Wir waren in dieselbe Frau verliebt, brannten beide bis ins Steißbein und wussten, dass du nur einen von uns löschen konntest. Aber das brauchte nicht der Stärkere zu sein, das konnte auch der Gewieftere sein.

Ich hatte nichts mit Rock, sagte ich.
Weiß ich, sagte Marc. Rock hat es mir gesagt.
Mit deinem Bike hatte ich auch nichts.
Hat sie ebenfalls gesagt.
Woher will sie das wissen?
Sie traut dir.
Autsch.
Was ist?
Mein Gesicht.

Er stand auf und holte eine Salbe, die er für mich gekauft hatte. Sie enthielt Bienenkraut, seine Großmutter schwor darauf. Er schraubte die Kappe ab und wollte mir davon ins Gesicht schmieren, aber ich wehrte ab.

Sieht schlimm aus, sagte er und entschuldigte sich für seinen Ausraster. Ist sonst nicht seine Art, dreinzuschlagen. Außerdem hätte er wissen müssen, dass wir nichts miteinander hatten, ich bin nicht dein Typ.

Oh wir hatten schon was, sagte ich. Trockensex.
Was soll das sein?
Tanzen zum Beispiel. Tanzen ist Trockensex.
Ihr habt getanzt?
Nein, gekämpft.

Er schüttelte den Kopf und meinte, aus mir wird er wohl nie schlau werden. Ich fragte, wer denn Rocks Typ ist und er sagte, sportliche Männer wie er. Aber auf kindlich Naive steht sie auch, sagte ich. Nein, auf Alte. Was für Alte? Alte Haudegen aus der Kneipe. Ist er sicher? Leider.

Wenn du mich fragst, hat Rock einen Vaterkomplex, sagte er und blickte betrübt auf seinen Teller.

Was ist?

Statt zu antworten, schaute er noch trauriger drein. Da erlaubte ich ihm, mich einzucremen.

Er machte das sanft und einfühlsam. Die Salbe roch nach Reifengummi und er kam nochmals auf das Bike zu sprechen. Wahrscheinlich ist es von einem Junkie aus dem Park gestohlen worden. Wir müssen darauf achten, dass die Wohnungstür immer abgeschlossen ist, wenn niemand zu Hause ist. Ich besitze nichts Wertvolles, sagte ich. Abgesehen von meinem Wachstuchheft, aber wer will das schon klauen?

Stimmt, das bekommst du auch noch, sagte Marc und wollte aufstehen, aber ich hielt ihn zurück, lass mal, das habe ich mir selber geholt.

Wie bist du reingekommen?

Ich brauchte es, ich hab einen Verlag.

Das Zimmer war doch abgeschlossen.

Nein, es war offen.

Du hast einen Verlag?

Er gratulierte mir und ich sagte, nun bin ich ein richtiger Schriftsteller. Noch nicht ganz, meinte er, da kann noch viel geschehen. Der Verlag könnte sich plötzlich umbesinnen oder in Konkurs gehen, alles schon vorgekommen. Hofft er das? Ganz und gar nicht. Wir stießen ein zweites Mal an, diesmal mit einem Schlückchen Wein in unseren Wassergläsern.

Auf deinen Roman. Ich schreibe übrigens auch.

Ein Buch?

Sozusagen.

84

Mitten in der Nacht wachte ich auf, weil ich eine Tür schlagen hörte. Ich ging in die Küche, um etwas Wasser zu trinken, und traf auf den Hund, der ebenfalls Wasser trank. Das gab mir einen Stich ins Herz.

Ist Marc bei Rock?

Nein.

Uff.

Ich nahm ein Joghurt aus dem Kühlschrank, setzte mich an den Tisch und du legtest los. Du schriest, als wolltest du die Wohnung in Brand stecken.

Lügner, sagte ich zum Hund, aber er hatte nicht gelogen, Marc war nicht bei dir, er kam auch in die Küche, setzte sich auf einen Stuhl und schüttelte bestürzt den Kopf:

Eben sprachen wir noch davon.

Ein alter Haudegen?

Schlimm, Timm, schlimm.

Ich sah, wie du von einem schweren Kerl mit ledrigen Tattoos gevögelt wurdest. Er ritt dich nach allen Regeln der Kunst, seine Hand hielt deine Haare wie einen Zügel gepackt und ich hätte laut aufwiehern können vor Schmerz. Ich wusste, ich würde nie wieder etwas essen können mit meinem ausgebrannten Magen und meinen glühenden Zähnen. Marc rieb sich verzweifelt die Unterarme und sagte immer wieder, schlimm Timm, schlimm. Er sagte, Rock gehört keinem, niemandem und ich sagte, oh ja, sie ist frei.

Auf dem Höhepunkt deiner heiseren Anspannung erreichte Marc seinen persönlichen Tiefpunkt, indem er mir etwas sehr Privates anvertraute. So, als wären wir die besten Kumpels. Er neigte sich zu mir hinüber und raunte:

Ich habe es noch niemandem erzählt, nicht mal meiner Großmutter, aber ich werde sie heiraten.

Großmutter?

Blödian!

Nein, schon klar, du willst Rock heiraten. Gratuliere.

Ich werde sie da rausholen. Sobald ich meinen Doktor habe.

Dann ist es eine Diss, die du schreibst?

Er nickte und sagte, er ist schon weit, er wird dich bald befreien können, aber ich sagte, weil's plötzlich still geworden war, zu spät, der alte Drecksack hat sie soeben zu Tode gefickt.

Das ist nicht lustig!

Ich sagte noch mehr unlustige Dinge. Zum Beispiel dass eine Dissertation kein richtiges Buch ist, da sie nie in einer Buchhandlung stehen wird. Ich fragte, wie sein erster Satz lautet, und er konnte es nicht sagen.

Hast du ihn etwa noch nicht?

Freilich hat er ihn, sagte er, aber er weiß ihn doch nicht auswendig. Dann ist es kein guter, sagte ich und er holte seinen Laptop und las ihn mir vor. Er war grauenhaft.

Super, sagte ich, Rock ist in Sicherheit.

Wehe, du verrätst etwas.

Den Satz? Zugegeben, die Versuchung ist groß, ihn rauszuposaunen, aber …

Dass ich Rock heiraten werde.

Ach so. Keine Bange.

Versprich es.

Wir haben kein Salz mehr.
Mach schon!

Ich gab ihm die Hand drauf und nachher gingen wir auf unsere Zimmer, um zu schreiben. Marc hackte weitere grauenhafte Sätze in seinen Laptop und ich brachte den Wachsumschlag meines Heftes zum Schmelzen, indem ich darin deine Stimme einfing.

83

Am nächsten Morgen ging ich ins Bad und da saß ein nackter Kapitän auf der Schüssel und kackte.

Wie geht's?, sagte ich.

Grandios, knurrte er.

Ich hätte gern seinen Schwanz gesehen, aber ich mochte nicht in dem Gestank verweilen.

Marc stand in der Küche und streckte mir das Handy entgegen. Sein Arm zitterte, er schien die Nacht durchgeschrieben zu haben.

So nimm doch, sagte er. Dein Vater.

Vater kam gleich zur Sache. Er wollte, dass wir uns mit dem Verleger treffen, um einen Produktionsplan für den Roman aufzustellen. Ich konnte nicht, ich hatte heute meinen Brotjob. Dann lass uns wenigstens die Mittagspause nutzen, schlug er vor. Ich gab Marc das Handy zurück.

War nicht mein Vater, sagte ich, war mein Agent.

Wie, einen Agenten hast du auch schon?

Das Bad war nun frei. Ich wusch mich und putzte die Zähne und als ich rauskam, sah ich dich mit der Mütze des Kapitäns auf dem Kopf in die Küche gehen. Sie stand dir gut.

Ich fuhr in den Supermarkt zum Brotjob. Als die Brote eingepackt waren, wechselte ich zum Obst- und Gemüsejob. Mittags fuhr ich in die Kantine, wo Vater an seinem Tisch saß und fragte, was mit meinem Gesicht passiert ist. Bin mit Marcs Bike hingefallen, sagte ich, nicht weiter schlimm, hab eine gute Salbe. Vater tat es trotzdem leid.

Der Verleger traf ein und Vater wollte von ihm wissen, wann das Manuskript im Verlag abgeliefert werden muss. Der Verleger holte eine rote Agenda hervor, definierte ein Datum und Vater trug es auf einer Liste ein.

Aus wie vielen Wörtern besteht eigentlich ein Roman?

Fünfzigtausend sollten es schon sein, sagte der Verleger.

Wie viele hast du bis jetzt, Timm?

Ich klappte das Wachstuchheft auf und begann zu zählen. Vater sagte, wir haben jetzt keine Zeit für Späße. Er wirkte angespannt, geschäftsmäßig. Er fragte den Verleger, in welcher Form das Manuskript abgegeben werden soll. Am besten als Computer-Datei. Hab's aber nur handschriftlich, sagte ich.

Sie können es ja abtippen.

Gibt's keine Bürokraft im Verlag?

Oh doch. Sie können gern ihren Computer benutzen.

Vater erkundigte sich nach der Anzahl Wörter, die ein Schriftsteller im Durchschnitt pro Tag schreibt. Der Verleger kannte eine Frau, die tausend schafft.

Bekommst du das hin, Timm?

Ich bin keine Frau.

Das ist leider wahr, sagte der Verleger. Die Frauenzimmer sind da erheblich flinker.

Agent und Verleger einigten sich auf ein Tagespensum von fünfhundert Worten. Dann klingelte Vaters Handy, es war für mich, es war Mutter, sie sagte:

Wieso hast du Beni gestern versetzt?

Ich erklärte, dass ich in einen Schreibrausch geraten bin und die Zeit vergessen habe. Dass ich tausend Worte geschafft habe, das doppelte Tagespensum und …

Wann holst du es nach?

Bald.

Wann?

Jetzt, sagte ich und rief: *Hallo Beni!*

Beni ging mit einem Tablett durch die Kantine. Ich winkte mit beiden Armen und Vater sagte, lass ihn, wir sind noch nicht fertig. Aber Beni hatte mich bereits gesehen und steuerte auf unseren Tisch zu. Er trug einen alten Kittel von Vater, der ihm zu weit war, dafür war die Krawatte zu kurz gebunden. Auf seinem Tablett lag ein Spiegelei.

H-Hallo, sagte er.

Setz dich, sagte Vater. Wie war dein Morgen?

G-Gut. Ich wohne jetzt in deinem Zimmer, Timi.

Mach's dir nur nicht zu gemütlich, sagte ich.

Er lächelte. Der Verleger lächelte ebenfalls und Vater stellte sie einander vor.

Das Buch wird toll, sagte Beni.

Oh ja, sagte der Verleger.

Geht's dir gut, Beni?, sagte ich.

Ja, prima.

Wirklich, Beni?

A-alles prima.

Bist du sicher?

Was soll das?, fragte Vater und ich sagte, ich muss zurück, der Joghurtjob ruft.

Denkst du, du schaffst heute noch fünfhundert Wörter?

Klar. Ich schreibe nachts.

Wie ein richtiger Schriftsteller, freute sich der Verleger und händigte mir ein Kärtchen mit der Adresse seines Verlags aus. Ich darf jederzeit vorbeikommen und mir den Computer anschauen.

Tschüss, Beni.

Dein Gesicht, Timi?

82

Abends brachte ich dir Rosen aus dem Supermarkt mit. Du freutest dich, gabst mir einen Kuss und ich brach fast zusammen. Das Herz flatterte wie ein aufgeschreckter Vogel in meiner Brust und der Schweiß rann mir den Rücken hinunter. Weil ich an den alten Kapitän denken musste und was er letzte Nacht mit dir angestellt hat. Du legtest mir die Hand auf die Stirn und sagtest:

Du glühst ja.

Nein, ich brenne.

Ich setzte mich an den Küchentisch und bekam ein Glas Wasser. Dann kümmertest du dich um die Rosen, schnittest die Stiele zurecht, zupftest an den Blättern herum und rochst an den Blüten.

Rock?

Kind?

Wen würdest du lieber heiraten, einen Doktor oder einen Schriftsteller?

Weder noch.

Einen Kapitän?

Wie kommst du auf solche Ideen?

Der andere war doch ein Kapitän.

Nur seine Mütze. Der darf nicht mal ein Fahrrad steuern, so wie der bechert.

Ich hab Marcs Bike verloren.

Hast du?

Ich beichtete dir die ganze Geschichte. Du warst enttäuscht, weil ich gelogen hatte, aber du sagtest es nicht. Du sagtest nur, ich soll es Marc erzählen, wir werden eine Lösung finden, er mag mich neuerdings. Ich sagte, ich werde ihm das Bike ersetzen, ich habe einen Verlag und bald fließen die Tantiemen.

Würdest du einen Reichen heiraten, Rock?

Ich heirate gar keinen.

Das beruhigte mich ein wenig.

Du musstest zur Arbeit und ich wollte später auch nachkommen, um die fünfhundert Wörter zu schreiben. Ich soll noch mit dem Hund raus, sagtest du und ich fragte, ob ich dein Handy haben darf, ich bringe es dir nachher in die Kneipe.

Im Park rief ich zuerst Marc an, aber er nahm nicht ab. Dann rief ich Mutter an und sagte, Beni ist wohlauf, sie braucht sich keine Sorgen wegen Drogen oder so zu machen. Er hatte keine nassen Haare heute Mittag und gestottert hat er auch ganz anständig. Sie wollte wissen, worüber wir geredet haben und ich sagte, darüber, wie prima alles ist.

Glaub mir, er ist in Ordnung.

Es wurde dunkel im Park. Ich streichelte dem Hund über den Kopf und sagte, mit Beni ist gar nichts in Ordnung. Er ist so ein fröhlicher, frecher Kerl gewesen, als er klein war. Der Hund stellte die Ohren auf und ich erzählte weiter. Dass ich Beni nicht helfen konnte, da ich selber noch klein war. Alles war klein damals, Beni, ich, der See.

81

Eigentlich wäre es der perfekte Abend zum Schreiben gewesen. Mein Lieblingstisch war frei, ich hatte genug Geld dabei, das Bier stimmte, das goldweiche Kneipenlicht summte und du putztest vorne die Theke mit etwas, das nach Vanille roch.

Kaum hatte ich den Kugelschreiber auf einer frischen Zeile angesetzt, rief meine Mutter an. Ich hatte noch dein Handy in der Tasche, ich holte es heraus und sagte, ich kann jetzt nicht reden, ich arbeite. Mutter sagte, Beni ist weg. Er wollte nur kurz vor die Tür und ist nicht mehr zurückgekehrt. Das ist schon eine Stunde her, das ist noch nie vorgekommen, ans Handy geht er auch nicht.

Ich drehte den Kugelschreiber zwischen meinen Fingern. Es war der, den ich beim Kinderschreibwettbewerb gewonnen hatte. Er war längst nicht mehr silbern, sondern grau, aber er funktionierte immer noch gut, man musste nur hin und wieder die Mine wechseln.

Timm?

Ich bin noch da.

Kannst du ihn suchen gehen?

Jetzt nicht. Echt nicht.

Timm, bitte!

Beni kommt von selbst wieder, sagte ich. Ich muss bald fünfzigtausend Wörter abliefern und das erledigt sich nicht von selbst.

Mutter legte auf und ich versuchte mich zu konzentrieren. Schreib den wahrsten Satz auf, den du kennst, sagte ich zu mir, aber ich war nicht mehr frei im Kopf, Mutters Worte wirbelten umher und reihten sich zu einer giftigen Peitsche. Es nützte auch nichts, dass ich mein Glas austrank, zwei weitere Biere bestellte und zwei Schnäpse hinterherschoss. Schon als Kind musste ich immer auf meinen kleinen Bruder aufpassen und was ist dabei herausgekommen? Eine Tragödie.

Ich musste etwas kaputt machen, bevor es mich kaputtmachte. Gut rief jetzt Marc an, der einen verpassten Anruf von dir auf seinem Display entdeckt hatte. Ich sagte, das war ich, ich habe ihn aus dem Park angerufen, weil es Neuigkeiten zu seinem Bike gibt.

Hast du es gesehen?

Nö, aber ich weiß, wer es geklaut hat.

Wer?

Ich.

Ich erklärte, dass ich sein Bike aus seinem Zimmer gestohlen hatte und dass es mir dann auch gestohlen wurde und wir somit quitt sind.

Bist du betrunken?

Es stimmt trotzdem.

Ich bin sehr enttäuscht von dir, Timm.

Immer sind alle enttäuscht, Rock. Wenn man die Wahrheit sagt und wenn man sie nicht sagt. Wenn man mitmacht und wenn man nicht mitmacht. Wenn man von der Schule fliegt und wenn man freiwillig geht. Aber wenn sie schon enttäuscht sind, dann gefälligst so, dass es nicht nur mir, sondern allen wehtut. Drum sagte ich zu Marc:

Rock weiß es.

Das mit dem Bike?

Und das andere.

Welches andere?
Was du vorhast.
Das hast du nicht getan.
Doch.
Du hast ihr nicht gesagt, dass ich …
In diesem Moment.

Ich ging zur Theke, um dir das Handy zurückzugeben und dich darüber zu informieren, dass Marc dich heiraten will, sobald er seine blöde Doktorarbeit fertig hat.

Was?

Ich trug ein neues Bier und einen neuen Schnaps an meinen Tisch und fühlte mich voll frischer Energie. Mutters Worte waren von Marcs Worten verscheucht worden und gegen die kam ich an, die konnte ich einfach ausblenden.

Ich schrieb ein Gedicht über die Liebe meines Lebens, die zum Leben meiner Liebe wurde. Es gelangen mir ein paar recht gute Verse, Wort für Wort versank ich im Wachstuchheft und bekam nicht mehr viel um mich herum mit.

Timi?

Das große Fieber war zum Greifen nahe, der heilige Schreibrausch funkelte zwischen den Zeilen und ich hielt mich am Kugelschreiber fest und zitterte leise.

Timi?

Langsam tauchte ich wieder auf. Er stand mit schief sitzendem Kittel und nassen Haaren da.

80

Setz dich doch, sagte ich und Beni setzte sich.

Er war auch schon hier gewesen, ich hatte ihn mal in die Kneipe mitgenommen, um ihm zu zeigen, wo ich auf meine Ideen kam. Er hatte sich verängstigt umgeschaut und gesagt, das sind lauter Alkoholiker. Mutter war auch nicht begeistert gewesen, dass ich ihn in eine solche Räuberhöhle geschleppt hatte. Das ist keine Umgebung für ihren Jungen, hatte sie gemeint, da könnte er sich wer weiß was holen. Tuberkulose, hatte ich gesagt. Aber heute Abend war er freiwillig hergekommen und schaute sich auch nicht mehr ängstlich um.

Du kamst an unseren Tisch und wolltest wissen, wieso das schon wieder vorbei ist zwischen Marc und mir. Marc will mich aus der Wohnung haben. Soll er mir selber sagen, sagte ich und du sagtest, mach dich auf etwas gefasst, wenn du nach Hause kommst.

Das ist mein Bruder Beni. Sag Hallo zu Rock, Beni.

B-bist du seine Freundin?

Was möchtest du trinken?

Du brachtest ihm ein bis zum Rand gefülltes Glas Eistee mit einer großen Zitronenscheibe. Er trank mit lauten Schlucken und fragte nochmals, ob du meine Freundin bist. Ich nickte. Mama und Papa wollen Rock auch mal kennenlernen, sagte er und ich versprach, sie alle zum Nachtessen in die Wohnung einzuladen, sobald sich Mutter an die neue Situation gewöhnt hat.

Sie hat deine Sachen in den Keller gestellt.

Solange sie nichts wegwirft –

Deine Spielsachen hat sie weggegeben.

Ich bin kein Kind mehr, Beni.

Ich auch nicht, Timi.

Darf ich dich was fragen?

Ja.

Nimmst du Drogen?

Er schaute mich aus großen Augen an. Ich sagte ihm, dass ich es von Mutter weiß. Dass Mütter alles über ihre Kinder wissen, da sie ihnen für alle Zeiten ans Herz gewachsen sind.

Was nimmst du?

Kokain.

Alter.

Es tat weh, seinen kleinen Bruder so ein hartes Wort sagen zu hören. Ich fragte, wer ihm das Zeug verkauft, und er sagte, jemand bei der Versicherung.

Vater?, scherzte ich, aber Beni fand es nicht lustig. Vater darf es nicht erfahren, er wäre sonst enttäuscht von ihm.

Mutter etwa nicht?

Nein, Mama nicht, sagte er und schluckte trotzig den Rest seines Eistees runter. Vermutlich hatte er recht. Er könnte das Haus anzünden und Mutter würde ihn in die Arme nehmen und nachsehen, ob er sich nicht die Finger verbrannt hat.

Wieso nimmst du das Zeug?

Einfach.

Hilft es gegen das Stottern?

A-auch.

Jetzt mal ernsthaft: Was ist los mit dir?

Du bist schuld, sagte er und zwängte seine Hand ins Glas, um die Zitronenscheibe herauszufischen. Nachher brachte er die Hand nicht mehr raus, ich musste ihm helfen. Er leckte an der Zitrone und sagte, er möchte auch so frei sein wie ich.

Niemand ist frei, sagte ich. Komm, gehen wir.

Du kamst einkassieren und Beni holte seine sperrige Brieftasche hervor, die ihm Mutter mit einer Kette am Hosenbund befestigt hatte. Er wollte für uns beide bezahlen, auch alle Getränke, die ich schon vorher hatte, er ließ es sich nicht ausreden. Er fragte dich, wieso du Rock heißt und ob du in einer Band spielst und du fuhrst ihm mit der Hand durch die Haare, obwohl sie verschwitzt waren. Ich sah Beni an, dass er dich mochte und du schienst ihn auch zu mögen. Das machte mich glücklich.

Draußen war es kühl geworden und Beni fror in seinem Kittel, aber er mochte nicht mit der Straßenbahn fahren, er wollte an der frischen Luft gehen. Ich fragte, wieso er solche Sachen macht, er hat doch ein gutes Leben mit einem netten Zuhause, einer festen Anstellung und einer Zukunft. Wieso will er das alles aufs Spiel setzen?

Wer eine Zukunft hat, hat keine Gegenwart.

Woher hast du denn diesen Blödsinn?

Von dir.

Stimmt, der Spruch stammte von mir. Ich hatte ihn im Gymnasium entwickelt und lebhaft verteidigt. Aber er galt nur für Leute wie mich, für Künstler, die ihr Glück selbst schmieden mussten und nicht für Benis und Normalos. Ich erklärte ihm, dass er Struktur braucht im Leben und Sicherheit und er nickte, um es sich einzuprägen.

Als wir in unsere Straße einbogen, dankte er mir fürs Heimbringen. Ich sagte, keine Ursache, dafür sind große Brüder doch da.

Ich blieb vor dem Haus stehen und wartete, bis er drin war. Ich sah das warme Licht im Hausflur angehen und hörte Mutter reden. Was sie sagte, konnte ich nicht verstehen, aber ihre Stimme war genauso warm wie das Licht.

79

Ich ging nicht mehr in die Kneipe zurück. Ich hoffte, Marc würde schon schlafen, aber er war noch wach und als er mich die Schuhe ausziehen hörte, kam er im Pyjama aus seinem Zimmer und sagte, wir müssen eine Lösung finden.

Wir gingen in die Küche. Ich wusch mir die Hände an der Spüle und er band einen vollen Müllsack zu und stellte ihn auf den kleinen Balkon. Dann setzten wir uns an den Tisch und ich schenkte mir etwas Wein in deine Kaffeetasse.

Ich hatte keine Angst vor Marc, das kannst du mir glauben. Ich fand es einfach nur mühsam mit ihm, weil er so trocken war. Bei ihm klang alles wie abgeschrieben und auswendig gelernt. Die meisten Männer sind Langweiler, Rock, man weiß bei ihnen schon nach zwei Worten, wie ihre Sätze enden werden. Bei Marc weiß man es schon nach einem. Er sagte mit Blick auf meine Weintasse:

Findest …

… du nicht, du trinkst zu viel?, machte ich den Satz für ihn fertig. Er schluckte leer. Dann sagte er:

Sollen wir lieber morgen weiterreden?

Müssen wir überhaupt reden?

Ja. Du musst gehen.

Das bestimmst nicht du.

Rock sieht es genauso.

Sie hat gesagt, ich soll gehen?

Nicht direkt, aber sie hat es angedeutet.

Mit welchen Worten?

Komm, Timm, du siehst doch selber, dass es nicht hinhaut. Such dir ein anderes Zuhause.

Zuhause ist, wo Rock ist.

Bei uns ist aber kein Platz für dich.

Was heißt, *bei uns?* Das klingt ja so, als ob du Rock bereits geheiratet hättest. Aber du hast sie nicht geheiratet und wirst sie auch nicht heiraten, es gibt nämlich eine kleine Planänderung, *ich* werde sie heiraten. *Bämm!*

Marc sagte, ich darf mir sein Handy ausleihen für die Zimmersuche. Ich sagte, ich brauche sein blödes Handy nicht, ich kann mir mein eigenes Handy kaufen, ich habe zwanzigtausend Vorschuss bekommen.

Zwanzigtausend?

Da staunst du, was? Wie viel hast du gekriegt?

Du schuldest mir fünftausend.

Für Rock?

Für das Bike.

Kannst du gern haben. Oder wollen wir drum spielen? Doppelt oder nichts?

Was?

Wenn ich Rock rumkriege, kriegst du nichts, und wenn ich sie nicht rumkriege, kriegst du zehntausend.

Du willst mit Rock schlafen? Du? Ah, wie lustig!

Er lachte. Es klang wie Schluckauf. Wenn er sich so sicher ist, kann er ja einschlagen, sagte ich. Aber er wollte nicht, er fand solche Wetten primitiv. Ist nicht primitiv, sagte ich, ist 'ne sportliche Wette unter Männern und er ist doch ein Sportsmann, oder?

Nachher bekomme ich einfach so zehntausend?

Wenn ich's nicht schaffe.

Würde dir dein großes Maul stopfen.

Worauf wartest du noch? Schlag ein.

Timm, …

… ich getrau mich nicht, ich bin ein Angsthase, ich kann doch nicht einfach eine Rockwette abschließen, am Ende verliere ich sie noch und dann steh ich da ohne Bike, ohne Rock und ohne Hose. Schlag schon ein!

Er hat dann tatsächlich eingeschlagen, allerdings mit geändertem Wetteinsatz. Statt um Geld spielten wir um unsere Zimmer. Der Verlierer muss ausziehen und darf sich nie wieder blicken lassen. Das war bereits die zweite unheilvolle Wette um dich, Rock, und ich merkte es wieder nicht. Marc schon, ihm war nicht wohl bei der Sache. Du darfst davon nichts erfahren, sagte er. Klar, sagte ich. Und die fünftausend will er auch möglichst bald. Klar, sagte ich.

78

Am nächsten Morgen klingelte es an der Wohnungstür. Du kamst schlaftrunken in mein Zimmer und sagtest, mein Vater ist hier, er wartet unten auf mich.

Ich ging ins Bad, wo Marc vor dem Spiegel stand und sich rasierte. Ich stellte mich neben ihn und putzte die Zähne. Der Rasierapparat surrte giftig und brachte Marcs Kinn zum Glühen. Er kam nochmals auf die fünftausend zu reden, wollte sie bis Ende Woche haben. Oder früher, falls ich früher aufgebe und abhaue.

Vater stand neben seinem Wagen und fragte, ob ich mein Romanheft dabeihabe.

Wozu?

Hat er mir doch auf die Mailbox gesprochen.

Hab keine.

Aber dein Freund.

Marc ist nicht mein Freund.

War das vorhin deine Pop?

Rock.

Wir fuhren zum Verlag hinaus. Das Wetter war grau wie die Vororte, die am Fenster vorbeizogen. Vater sagte, ich darf mich über die Räumlichkeiten des Verlags nicht wundern, er steckt gerade in einem Transformationsprozess. Dann bedankte er sich für gestern Abend, da ich Beni nach Hause gebracht hatte. Ob ich eine Ahnung habe, was mit ihm los ist. Hat er zu viel Arbeit? Oder leidet er unter den neuen Bürostühlen, die seine

Abteilung erhalten hat? Vater hat in der Kantine schon etliche Klagen darüber gehört.

Beni steckt in einem Transformationsprozess, sagte ich.

Kann auch sein, sagte Vater und überfuhr fast eine Katze.

Wir parkierten vor einem Industriegebäude mit kleinen Fenstern. In einem Warenlift fuhren wir in den dritten Stock und marschierten durch einen langen Korridor. Vor einer Metalltür blieb Vater stehen:

Hier ist es.

Der Verlag bestand aus einem Vorzimmer und einem Büro. Der Verleger saß im Büro und studierte eine dünne Spinne, die in einem leeren Honigglas gefangen war. Um ihn herum stapelten sich Bücher, Staub und Manuskripte. Als er uns sah, schoss er hoch und lächelte. Was für ein Spargelprinz, dachte ich, weil er so bleich und hager war.

Die Sekretärin kam heute nicht. Ich durfte mich im Vorzimmer an ihren Computer setzen und die Tastatur ausprobieren. Vater und Verleger schauten mir über die Schulter zu, ich schrieb:

Spargelprinz

Und schon legt er los, freute sich der Verleger und nahm eine dampfende Filterkanne vom Fenstersims. Er füllte zwei Tassen mit Kaffee und zog sich mit Vater ins Büro zurück. Sie machten die Tür zu, aber ich konnte trotzdem jedes Wort verstehen. Sie redeten über die Versicherung und wie froh sie waren, nicht mehr für diesen Saftladen arbeiten zu müssen.

Als sie rauskamen, leuchtete auf dem Bildschirm immer noch der einsame Spargelprinz.

Nicht weitergekommen?, fragte Vater.

Lassen wir den jungen Künstler doch in Ruhe arbeiten, schlug der Verleger vor und lächelte. Vater musste sowieso in die Stadt zurück. Er wollte sich mit Benis Chef in der Kantine treffen, mal sehen, vielleicht wusste der, was dem Sohnemann fehlte.

Als Vater weg war, hörte der Verleger auf zu lächeln und verkroch sich in sein Büro. Ich schrieb:

Spargelprinz ist traurig.

Und dann passierte es. Ein zweiter und ein dritter Satz meldeten sich und hundert weitere brodelten unter der Tastatur und schnappten nach Luft. Ich tippte wie ein Verrückter und als alle Wörter befreit waren, druckte ich den Text aus und trug ihn zum Verleger:

Das erste Kapitel ist fertig. Möchten Sie es lesen?

Zappelig stand ich daneben, während er die Seiten überflog.

Bin das ich?

Was?

Der Spargelprinz.

Nein.

Viel zu linear.

Er meinte, der Aufbau darf nicht zu logisch sein, das mag das Feuilleton nicht. Die Kritiker müssen glauben, dass sie die Einzigen sind, die das Werk verstehen, sonst rezensieren sie es nicht.

Schreiben Sie literarisch.

Wie geht das?

Er empfahl mir die Cut-up-Methode. Da zerschneidet man seinen Text und setzt ihn neu zusammen. Man kann ihn auch mit einem fremden Text mischen, wenn man einen hat.

Wird so ein Cut-up denn gelesen?
Natürlich.
Auch von Nicht-Kritikern?
Mit einem guten Titel durchaus.

Ich wusste sofort, dass Cut-up mein Ding war. Das passte auch gut zu meinen Sätzen im Wachstuchheft. Ich musste sie nur abtippen und mit dem Spargelprinz-Text mischen. Und dann noch etwas fremden Text dazugießen, bis die fünfzigtausend Wörter erreicht waren. Ich hatte ein gutes Gefühl. Ich tippte die erste Heftseite ab und bekam Durst.

Der Verleger händigte mir einen Schlüssel aus, damit ich jederzeit zurückkehren und weiterschreiben konnte. Zur Inspiration gab er mir noch ein kleines Büchlein mit auf den Weg, das soeben erschienen war. Leider nicht in seinem Verlag, was er sehr bedauerte, denn es verfügte über einen vortrefflichen Titel:

Verbrenn mich

Einen solchen Titel benötigen wir auch, sagte er.

Kriegen wir hin, sagte ich. Kann ich meinen Text mit dem Büchlein hier mischen?

Wo denken Sie hin! Nichts, das schon veröffentlicht wurde.
Aber wenn ich es zerschneide, merkt das doch keiner.
Unterschätzen Sie das Feuilleton nicht, junger Mann.
Was passiert mit der Spinne? Lassen Sie die wieder frei?
Wenn Sie möchten.
Ja, bitte.

Er schraubte den Deckel auf und ging zum Fenster.

77

Ich ging in die Kneipe. Du hattest Tagschicht und als du fertig warst, begleitete ich dich nach Hause. In der Küche roch es sauer, weil der Hund sich übergeben hatte. Du putztest es auf, holtest eine Decke aus deinem Zimmer, der Hund streckte sich darauf aus und du streicheltest seinen Bauch.

Er ist krank, sagtest du. Drum bist du hier.

Um ihn gesund zu machen?

Um für seine Versorgung aufzukommen.

Meine Miete finanzierte seine Medikamente und Spezialnahrung. Vielleicht muss er operiert werden, sagtest du und streicheltest ihn noch etwas fester. Er schien es zu genießen, drum sagte ich, wahrscheinlich simuliert er nur. Zur Strafe musste ich das Abendessen einkaufen gehen.

Ich brachte dir ein Geschenk mit. Eine rote Kerze mit praktischem Windschutz, die im Angebot war und dich erst recht wütend machte:

Eine Grabkerze? Was willst du damit andeuten? Dass er bald stirbt?

Du warfst die Kerze in den Abfall und gingst ohne Abendessen ins Bett. Der Hund durfte mit. Ich blieb in der Küche und aß Aufschnitt mit Brot. Ich rauchte auf dem Balkon eine Zigarette in den Abendhimmel. Dann holte ich die Grabkerze aus dem Mülleimer, stellte sie auf den Küchentisch, zündete sie an, setzte mich hinzu und las *Verbrenn mich*. Es war ein sehr literarisches Büchlein, ich verstand kein Wort, aber ich trank Wein dazu und fand die Stimmung im Lichte der Grabkerze wohlig schaurig.

Leider kam Marc nach Hause und ging direkt zu dir ins Zimmer. Wenig später trotte der Hund in die Küche.

Haben sie dich rausgeworfen? Obwohl du krank bist?

Ne du, das wollte ich mir nicht ansehen.

Hast du Krebs?

Bin einfach nur alt.

Ich klappte das Büchlein zu und wartete darauf, dass deine Sirene anging. Aber nichts geschah. Die Stille war noch schlimmer. Ich fragte mich, was Marc mit dir macht. Würgt er dich, dass du keinen Ton rausbringst? Oder hat er dich gefesselt und geknebelt und versucht nun irgendwo einzudringen, wo du es nicht magst? Das Ganze veranstaltet er nur, um mir zu demonstrieren, wie sehr er dich besitzt.

Ich schwitzte und dachte, ich muss etwas kaputt machen, bevor es mich kaputtmacht. Ich nahm den Windschutz von der Kerze und tat, worum mich das Büchlein schon die ganze Zeit bat: Ich hielt es in die Flamme und verbrannte es. Eigentlich wollte ich nur eine Ecke anzünden, aber der trockene Text fing sofort Feuer und ehe ich mich versah, brannte er wie eine Fackel. Der Hund floh im Galopp aus der Küche und ich warf das Buch in Richtung Spüle. Es landete auf dem Boden und brannte weiter. Ich sah, wie das Linoleum schmolz und dachte, ich muss etwas tun, bevor alles in Flammen steht, aber ich konnte mich nicht rühren. Es war, als hielte mich eine innere Hand zurück. Damals bei Beni konnte ich nicht mal um Hilfe rufen.

Es stank jetzt so stark, dass ich nicht mehr anders konnte, als mich aus der Erstarrung zu lösen. Ich riss das Balkonfenster auf und das blöde Büchlein fing noch mehr an zu lodern wegen des frischen Sauerstoffs. Marc kam wie die Feuerwehr in die Küche gesaust, splitternackt und voller Tatendrang. Er knallte die Balkontür zu, holte Milch und Mineralwasser aus dem Kühlschrank, leerte es über der Brandstelle aus und das Feuer erlosch. Dann tränkte er ein Küchentuch mit Wasser, wickelte das tote Büchlein darin ein und legte es in die Spüle.

Sachte, sagte ich, ich hab's noch nicht fertig gelesen.

Er musste husten vom Qualm und du auch, als du mit dem Hund in die Küche kamst. Du sperrtest die Balkontür wieder auf und ich sagte, das war Marc, der sie zugemacht hat. Marc zeigte dir die Brandstelle und sagte:

Das war's jetzt aber, oder? Er muss weg, bevor noch Schlimmeres geschieht.

Du sagtest nichts, schautest mich nur an, weder böse noch enttäuscht, und das machte mir Angst. Marc inspizierte kauernd den Boden, sodass man sein baumelndes Gehänge sah. Ich sagte, ich kann hier nicht weg, meine Miete ist überlebenswichtig für den Hund. Da findet sich eine andere Lösung, sagte Marc. Das ist unfair, sagte ich, Marc hat ja bloß Schiss, dass ich die Wette gewinne.

Welche Wette?, sagtest du.

Nichts, er versucht sich nur rauszureden, sagte Marc. Du hast verspielt, Timm.

Es ist noch nicht vorbei, sagte ich.

Gehen wir schlafen, sagtest du.

Ist das alles?, sagte Marc.

Für heute schon, sagtest du.

Marc sammelte alle Feuerzeuge ein und brachte sie in deinem Zimmer in Sicherheit. Nun konnte ich mir nicht mal mehr eine Zigarette anzünden. Ich hatte eh eine Rauchvergiftung.

76

Ich konnte nicht schlafen. Was, wenn du auf Marc hörst und mich morgen tatsächlich aus der Wohnung verbannst? Wo soll ich dann hin? In den Park? Mit den Obdachlosen um eine freie Bank kämpfen? In feuchten Kleidern die Nacht durchschlottern, während Marc sich an deinem sonnenbraunen Busen wärmt?

Ich stand auf und drang mit meinem Schlüssel in Marcs Zimmer ein. Auf dem Schreibtisch lagen trockene Wirtschaftsbücher, die man prima hätte abfackeln können. Und ein Laptop, mit dem man prima hätte Baumnüsse knacken können. Daneben lag ein Sichtmäppchen mit einem Ausdruck der Doktorarbeit. Auf dem Titelblatt stand *Zweite Fassung*.

Ich blätterte durch die Seiten und stellte mir vor, wie sie vom Balkon flattern. Wie sie in den Park hinübersegeln, wo die Obdachlosen sie aus der Luft fischen und sich damit den Arsch abwischen.

Das war ganz schön viel Text, den der gute Marc da produziert hatte. Frischer, unveröffentlichter Text. Ich nahm ihn mit in mein Zimmer und versteckte ihn unter der Matratze. Morgen würde ich ihn außer Haus schaffen, damit er die Chance erhält, Teil von etwas Größerem zu werden.

75

Am nächsten Morgen kamst du angezogen in mein Zimmer und sagtest, steh bitte auf, wir müssen reden. Ich folgte dir in die Küche. Es roch nur noch wenig nach Brand. Die Balkontür stand offen, die Sonne schien herein und eine Fliege surrte durch die warme Luft.

Du musst gehen.

Bitte nicht.

Doch.

Du holtest das Feuerzeug aus deinem Zimmer und stecktest dir im Stehen eine Zigarette an. Ich durfte auch eine.

Wo ist Marc?

Uni.

Wieso kann nicht er gehen?

Er ist schon länger hier als du.

Aber der Hund hat mich lieber.

Das ist wahr, er hat dich gern.

Es wird ihn umbringen, wenn ich fort bin.

Wir standen um den Tisch herum und du versuchtest, mich nicht anzusehen. Du drücktest die Zigarette aus und schautest der Fliege zu. Dann fing noch etwas anderes an zu surren, dein Handy. Ein anonymer Anruf, aber du gingst trotzdem ran und es war mal wieder für mich. Ein Typ sagte leise *Flasche* zu mir. Das war Marc, der mit verstellter Stimme aus der Uni anrief, um mich zu verhöhnen. Ich sagte, ha, ha. Er sagte, das Rasierwasser, das Sie suchten. Ich sagte, ah.

Es ist hier.

Zu spät, sagte ich.

Du machtest uns einen Kaffee. Wir setzten uns hin und tranken. Die Sonne streichelte mein Gesicht und von der Straße war Kinderlachen zu hören. Es hätte so ein schöner Tag werden können.

Also gut, sagte ich, ich gehe. Sobald ich ein neues Zimmer habe.

Nein, sofort.

Hallo? Wie kannst du so hart sein?

Wir machen es kurz und schmerzlos.

Schmerzlos? Das tut verdammt weh!

Zieh dich an und pack deine Tasche.

Ich will aber bei dir bleiben.

Mach bitte vorwärts, ich hab Tagschicht.

Nicht mal ein Essen?

Was für ein Essen?

Ein Abschiedsessen. Ich will Eierschnittchen mit Weinschaum.

Bist du süß.

Du meintest das sogar ernst und berührtest meine Hand. Der Hund kam in die Küche und legte die Schnauze auf mein Knie. Seine Augen waren ganz klein. Ich sagte, ich kümmere mich um ihn, während du bei der Arbeit bist. Ich kraule ihm den ganzen Tag den Bauch und abends, wenn du nach Hause kommst, mach ich uns Eierschnittchen mit Weinschaum. Sofern meine Mutter das Rezept rausrückt. Und sonst koche ich etwas anderes Feines und Marc darf auch mitessen und nach dem Essen mache ich die Küche und dann verschwinde ich für immer aus eurem Leben.

Unter einer Bedingung, sagtest du.

Nein, keine Bedingung, ich hasse Bedingungen.

Du trinkst nicht wieder so viel.

Ich trinke nie viel.

74

Ich nahm den Hund an die Leine und fuhr mit ihm zu meiner Mutter. Sie kam gerade aus der Haustür und sagte, nächstes Mal soll ich bitte vorher anrufen, sie muss einkaufen gehen.

Was willst du?

Ich fragte, ob sie mir das Rezept für die Eierschnittchen mit Weinschaum ausleiht. Ich sagte, ich weiß, dass es nur für die Familie ist, aber ich würde es gern für dich kochen, wenn das geht, ausnahmsweise. Ich soll nicht so ein Theater machen, sagte Mutter, die halbe Versicherung kennt das Rezept.

Was ist das für ein Hund?

Gehört Rock. Er kann reden.

Dann komm halt schnell rein.

Sag Hallo, sagte ich zum Hund, aber er war zu müde zum Sprechen.

Mutter schrieb das Rezept für mich ab und ich erzählte, dass ich mit dem Roman früher fertig sein werde als gedacht, da ich die Cut-up-Methode anwende. Wenn mir dann noch ein griffiger Titel einfällt, wird dem Erfolg nichts mehr im Weg stehen. Mutter war skeptisch. Sie fand, es gibt zu viele Bücher auf der Welt und ohne einen großen Verlag sind die Aussichten gering. Wie sich die Alte täuschte!

Ich kaufte eine Wurst und teilte sie mit dem Hund. Dann fuhren wir im Bus zum Verlag. Es rumpelte und stank nach Diesel, dass uns beiden schlecht wurde. Wir mussten zuerst eine Weile an der frischen Luft spazieren, ehe wir ins Büro konnten.

Die Sekretärin war nicht da. Ich schaltete den Computer ein und tippte aus dem Wachstuchheft ab. Als der Verleger kam, zeigte ich ihm Marcs Manuskript.

Was ist das?

Text zum Mixen.

Mixen?

Cut-up.

Verstehe.

Er verzog sich in sein Büro und der Hund fragte, ob das der Spargelprinz ist, von dem ich ihm erzählt habe.

Psst!, sagte ich, er kann dich hören.

Ich tippte weiter das Wachstuchheft ab, kam in einen guten Rhythmus und schaffte ziemlich viele Seiten. Der Hund schlief unter dem Pult. Um fünf weckte ich ihn, weil wir das Abendessen einkaufen mussten und ich noch beim kleinen Friseur vorbeischauen wollte.

73

Zu Hause deckte ich einen schönen Tisch für drei. Du kamst schlecht gelaunt von der Arbeit. Was sollen die Kerzen und Servietten? Ist alles auch für Marc, sagte ich und schenkte dir ein feines Glas Rotwein ein.

Sollen wir noch auf ihn warten?

Bringen wir's hinter uns, sagtest du.

Zur Vorspeise gab es Salat mit Cherrytomaten. Du rochst an der Salatsauce, dann an deinen Händen. Du beugtest dich zu mir, atmetest ein und sagtest:

Das bist du. Was ist das?

Mein Rasierwasser, wieso?

Woher hast du das?

Schon lange, wieso?

Mein Vater roch so.

Roch? Lebt er nicht mehr?

Weiß nicht.

Wieso nicht?

Hör auf zu fragen und tisch den Rest auf, damit wir hier fertig werden.

Ich briet die Eierschnittchen und kochte den Weinschaum auf. Der Duft der Kindheit stieg mir in die Nase und ich wusste, er würde uns beide retten. Als ich die Teller servierte, sahen sie genau so aus wie bei Mama.

Ich zerschnitt die Eierschnittchen in kleine Stücke, schwenkte sie in der Sauce, kaute und schluckte – herrlich. Als ich alles verputzt hatte und vom Teller aufsah, lag dein Besteck über dem Essen. Nur eine kleine Ecke war angeschnitten.

Schmeckt es dir nicht?

Nein.

Du hast ja gar nicht richtig probiert.

Die Pampe ist ungenießbar.

Aber ich hab's genauso gemacht wie meine Mutter.

Dann könnt ihr eben beide nicht kochen.

Hallo? Meine Mutter ist die beste Köchin der Welt.

Deine Mutter ist behindert. Wie dein Vater und dein kleiner Bruder.

Beni ist nicht behindert.

Er ist ein Idiot. Ihr seid alles Idioten. Die reinste Idiotenfamilie.

Ich habe wenigstens eine Familie, im Gegensatz zu dir.

Ich hab auch eine Familie.

Aber keine richtige. Eine Mutter, die du nicht magst und einen Vater, der nach totem Rasierwasser stinkt.

Das war zu viel für dich. Du warfst deinen Teller nach mir. Ich konnte mich gerade noch wegducken, er zerschellte auf der Brandstelle von gestern Abend. Du holtest die Leine, packtest den Hund am Halsband und machtest ihn fest.

Wenn ich zurück bin, bist du fort!

Das ist ungerecht, sagte ich, du hast damit angefangen.

Ich bring dich um, ich schwör's!

Dein Gesicht war grau vor Wut und deine Schönheit wie weggeblasen. Du warfst die Tür ins Schloss und ranntest die Treppe hinunter.

72

Ich fühlte mich schuldig. Was nicht nötig war, du hattest als erste böse Sachen über meine Familie gesagt, das musst du zugeben. Trotzdem hasste ich mich.

Ich las die Scherben zusammen und eine innere Stimme sagte zu mir, zur Strafe musst du die Eierschnittchen vom Boden aufessen. Ich gehorchte. Kleine Porzellanstückchen knirschten zwischen den Zähnen, aber das war nicht schlimm, ich hatte gute Zähne.

Marc rief auf deinem Handy an, das auf der Küchenabdeckung lag. Ich soll dir ausrichten, dass er zu seiner Großmutter fährt, die über die Teppichkante gestolpert und hingefallen ist.

Tut mir leid, sagte ich. Nicht nur wegen Großmutter, sondern auch wegen uns. Weil ich so ein Arschloch war. Wenn er nach Hause kommt, ist nichts mehr von mir da. Ich mache nur noch die Küche fertig, sauge mein Zimmer und dann bin ich für immer verschwunden.

Du bist kein Arschloch, sagte Marc. Es war für uns beide eine schwierige Situation.

Ich versprach, ihm so bald wie möglich ein rotes Superbike zu kaufen und dazu ein kleines Überraschungsgeschenk, das ich mir noch ausdenken werde. Er wünschte mir viel Erfolg mit dem Buch. Das meinte er ernst, das spürte ich.

Ich stellte mich auf den Balkon und nahm Abschied von der schönen Aussicht. Über mir war der Himmel blutrot und unter mir heulte die Sirene eines Krankenwagens. Ich beugte mich über das Geländer und dachte, wenn sich jetzt die Verankerung löst, bin ich meinen Kummer los. Bei dieser Höhe ist man auf der Stelle tot. Und mit etwas Glück lande ich auf dir drauf und dann können wir gemeinsam in den Himmel fliegen, Hand in Hand, und der Hund darf auch mitkommen, wenn er verspricht, da oben niemanden in den Flügel zu beißen.

Ich packte meine Tasche. Ich holte Zahnbürste und Rasierwasser aus dem Bad, schraubte das Rasierwasser nochmals kurz auf und roch daran. Deine Mutter hatte gesagt, es würde dich verrückt machen, aber es hat dich wütend gemacht. Ich mochte den Duft deines Vaters, er hatte etwas Beruhigendes und Tröstendes. Ich rieb mir ein paar Tropfen unter die Nase und dann war es endgültig Zeit, zu gehen.

Während ich Schuhe und Jacke anzog, hörte ich dich die Treppe hochsteigen. Ich trat aus der Tür und da standest du mit dem Hund auf den Armen. Er sah noch erledigter aus als nach unserer Busfahrt. Du stelltest ihn ab und er drückte sich an mir vorbei in die Wohnung. Du musstest erst verschnaufen, ehe du reden konntest. Die Schönheit war in dein Gesicht zurückgekehrt.

Wie fühlst du dich?, fragtest du.

Gut, sagte ich.

Ich bin schon oft wo weggegangen und es war immer gut herausgekommen. Weil es jedes Mal ein Schritt vorwärts war. Ich bin aus dem Gymnasium gegangen und Schriftsteller geworden. Ich bin von zu Hause weggegangen und selbständig geworden. Und jetzt ging ich von dir weg und –

Kehrst du zu deiner Familie zurück?

Nein.

Es sind keine Idioten. Das hab ich nur so gesagt.

Ich weiß. Deine Familie ist auch okay.

Eher nicht. Ich kenn nicht mal den Namen meines Vaters.

Und deine Mutter?

Auch nicht. Sagt sie. Aber ich glaube ihr nicht.

Rock, sie hatte keinen Herzinfarkt.

Was?

Ich wollte nur, dass du sie anrufst.

Du schautest mich lange an. Ich hielt deinem Blick stand, aber er machte mich traurig und leer. Schließlich sagtest du:

Hätte nicht gedacht, dass du so ein Arschloch bist.

Ich schon, sagte ich und dann fing ich an zu weinen. Einfach so. Ich heulte wie ein kleiner Junge drauflos, sagte, dass ich unbrauchbar bin für dieses Leben und alle enttäusche, die mir eine Chance geben. Ich stotterte wie ein Ertrinkender, alles wollte raus, auch, dass ich nicht freiwillig das Gymnasium verlassen habe, sondern sowieso hätte gehen müssen, da ich in keinem Fach mehr genügend war. Und jetzt schreibe ich an diesem billigen Roman, den ich zerschneiden muss, damit niemand merkt, wie billig er ist.

Ich weiß nicht, wie viel du von meinem Gebrabbel verstanden hast, aber irgendwann tratest du ganz nah an mich heran und nahmst mich in die Arme. Ich weinte deine Haare nass und du rochst an meinem Hals. Wir standen sehr lange so da, bis du sagtest, lass uns reingehen.

Du machtest mir einen Tee mit Honig und sagtest, ich kann bleiben, bis ich etwas Neues gefunden habe. Marc und ich müssen halt lernen, uns zu vertragen, das nennt man leben und leben lassen.

Marc ist ein feiner Kerl, sagte ich.

Das ist doch schon mal ein Anfang.

Du gingst ins Bad und ich schnäuzte die Nase und schlürfte deinen Tee. Als du zurückkamst, trugst du dein Nachthemd-T-Shirt. Du streicheltest mir über den Kopf und gabst mir einen Gutenachtkuss auf die Wange. Ich zitterte.

Was hast du?

Kalt.

Bei diesem Wetter?

Ja.

Dann komm.

Der Hund war aufgewacht und wollte auch in dein Zimmer, aber du schicktest ihn in die Küche zurück.

71

Der Himmel ist ein weiches Durcheinander aus Decken und Kissen. Wir schliefen nackt aneinandergekuschelt ein. Irgendwann wachte ich auf und hörte deinem Atem zu. Es war noch mitten in der Nacht und ich genoss die warme Dunkelheit. Ich küsste deine salzige Brust und schlief wieder ein.

Am Morgen weckte uns Marcs Stimme. Sie kam aus der Küche:

Rock? Da stimmt was nicht!

Du wusstest sofort, dass es um den Hund ging. Du schnapptest dein Nachthemd-T-Shirt und sprangst aus dem Zimmer. Ich stand auch auf und holte meinen Pyjama aus der Tasche. Ich hatte Angst, der Hund würde tot auf dem Boden liegen, aber als ich in die Küche trat, lebte er noch. Du kauertest neben ihm, streicheltest seinen Kopf und telefoniertest mit dem Tierarzt. Marc sagte:

Du bist noch hier?

Sieht ganz so aus.

Wieso das denn?

Erklär ich dir später, sagtest du.

Marc ging in sein Zimmer und wir warteten im Schneidersitz auf den Tierarzt. Ich kraulte den Hund am Hals und fragte ihn, ob er es überleben wird. Er sagte, jau. Dann kam Marc in die Küche und fragte, ob jemand in seinem Zimmer war. Sein Manuskript ist verschwunden.

Du auch nicht, Timm?

Wie denn, du schließt ja ab.

Noch vor dem Eintreffen des Tierarztes hatte Marc herausgefunden, dass die Zimmerschlüssel überall gingen. Das lieferte ihm nachträglich auch die Erklärung dafür, wieso ich mein Wachstuchheft selber hatte rausholen können.

Wo ist es?

Beim Verlag.

Nicht dein Heft. Mein Manuskript!

Hört bitte mit dem Theater auf, sagtest du, wir haben jetzt andere Sorgen.

Marc holte den Mülleimer unter der Spüle hervor und durchwühlte ihn. Dann ging er auf den Balkon und schaute auf die Straße hinunter. Es klingelte an der Tür.

Der Tierarzt meinte, der Hund ist völlig erschöpft, ob wir zu viel mit ihm unternommen haben. Wir schüttelten den Kopf. Ob wir ihm noch anderes geben außer der Spezialnahrung. Ich sagte, es könnte sein, dass er die zweite Fassung von Marcs Dissertation gefressen hat. Außer Marc lachten alle und der Tierarzt gab dem Hund eine Spritze und sagte, er wird sich bald erholt haben. Du brachtest den Mann zur Tür und Marc hielt mich am Oberarm zurück und fragte, woher ich weiß, dass es die zweite Fassung war.

Weil ich daraus Konfetti gemacht habe.

Timm, wenn ich rausfinde …

Finde zuerst mal das mit mir und Rock heraus, dachte ich und ging unter die Dusche.

Nach dem Frühstückskaffee fuhr ich zum Verlag. Diesmal erwischte ich einen modernen Bus mit Elektroantrieb. Er glitt sanft durchs Sonnenlicht und ich wusste, heute würde alles möglich sein, ich hatte die Kraft für tausend Seiten.

70

Ich hatte eine solche Energie im Leib, das kannst du dir nicht vorstellen. Ich tippte wie eine Maschine das Wachstuchheft ab. Mittags war ich fertig und machte mich an Marcs Dissertation. Sie handelte von Turnschuhen und welche Marke die beliebteste war. Der Text war so trocken, dass mir schon nach dem Titel die Augen tränten:

Die Bedeutung der Nummer 1 auf dem Markt.
Am Beispiel der Sportartikelhersteller.

Dann trat plötzlich der Verleger aus seinem Büro, um auf meinem Fenstersims Kaffee zu brühen. Ich hatte gar nicht gemerkt, dass er da war. Während der Kaffee in die Glaskanne tröpfelte, fragte er, was ich da mache.

Den Cut-up vorbereiten.

Schreiben Sie das etwa ab?

Darf man das nicht? Ist ja kein Buch.

Kommen Sie mal mit.

Wir gingen in sein Büro, schichteten Bücher und Manuskripte um und legten einen alten Scanner frei. Wir trugen ihn ins Vorzimmer und der Verleger zeigte mir, wie man damit Seiten einlas. Dann läutete das Telefon und er schloss sich wieder in seinem Büro ein. Mit gedämpfter Stimme versprach er dem Anrufer, bis Ende Monat siebentausend zu überweisen.

Der Scanner surrte wie eine Drohne. Nach einer Stunde war Marcs Text eingesaugt und ich bürstete ihn literarisch auf. Ich löschte alle Zahlen, Tabellen und Grafiken und ersetzte tote

Ausdrücke durch lebendige. Aus *Markt* wurde *Familie*, aus *Kapital* wurde *Schatz*, aus *Strategie* wurde *Liebe*. Markennamen tauschte ich gegen romantische Frauennamen aus, die klanglich an dich erinnerten, Romy, Roxana, Rosalie und so weiter.

Der Verleger erhielt einen zweiten Anruf. Diesmal war es meine Mutter, er stellte sie ins Vorzimmer durch und sie sagte, Beni hat Fieber.

Könnte das vom Kokain kommen?

Woher soll ich das wissen?

Dachte, du kennst dich mit so was aus.

Ich bin Alkoholiker, kein Junkie.

Sag doch nicht Junkie!

Mutter wollte, dass Beni zu einem Psychiater geht, sobald er kein Fieber mehr hat. Sie fragte, ob ich ihn begleiten könnte. Nur zur ersten Sitzung, nachher muss er allein hin.

Keine Zeit. Ich muss ein Buch schreiben.

Lass dir mal eine neue Ausrede einfallen.

Die gute Stimmung war weg. Um sie zurückzuholen, griff ich nach der Kaffeekanne. Alkohol wäre zwar besser gewesen, aber Koffein in großer Menge ging auch. Ich setzte die Glaskanne an und verbrannte mir die Lippen, dass ich die Kanne fallen ließ. Sie zerbarst mit einem lauten Knall und der Verleger kam aus seinem Schlag geflattert und starrte auf den Scherbenhaufen.

Doppelt blöd, sagte ich.

Was?

Ich werde die Nacht durcharbeiten, da hätte ich Kaffee gebrauchen können.

Sie wollen durcharbeiten?

Ich will morgen fertig sein.

Wozu die Eile?

Ich muss die Energie nutzen, bevor sie wieder verpufft ist.

Der Verleger dachte nach. Wenn wir früher als geplant rauskommen, verursacht das Mehrkosten. Das Verlagsprogramm muss umgestellt werden, die Druckerei umgerüstet und …

Wie viel mehr?

Siebentausend.

Siebentausend?

Er lächelte. Das erste Mal, ohne dass Vater dabei war. Dann klopfte er mir unbeholfen auf die Schulter und meinte, ich soll mir darüber nicht den Kopf zerbrechen. Ich soll einfach mein Werk vollenden, in aller Ruhe oder fliegender Eile, ganz wie es mir beliebt.

69

Die eigentliche Arbeit am Roman war ein Kinderspiel. Ich zerschnipselte meine Texte in regelmäßige Abschnitte und fügte sie neu zusammen. Ein Stück Wachstuchheft, ein Stück Diss, ein Stück Spargelprinz und so weiter. Das machte großen Spaß, weil man sehr schnell vorwärtskam.

Als es dunkel wurde, sagte der Verleger, er holt sich aus dem Tankstellenshop eine Frucht, ob ich auch etwas möchte.

Sechs Dosen Bier.

Sechs?

Große, bitte.

Ich gab ihm das Geld.

Um Mitternacht war das Bier alle und der Roman fertig. Mit heißem Kopf scrollte ich durch die vielen Zeilen, und je weiter ich nach unten kam, desto höher flog ich. Es war ein fantastischer Rausch, bis ich den Fehler beging, die erste Seite zu lesen. Was für ein Schwachsinn. Die reinste Katastrophe! Ich hätte heulen können vor Wut und Verzweiflung. Wer soll diesen Mist lesen?

Literaturliebhaber, sagte der Verleger, der nachschauen kam, wieso ich eine zerknüllte Dose an die Wand geworfen hatte.

Aber es ist ein einziges Chaos, sagte ich.

Wenn Chaos Konzept ist, ist das gut.

Aber es macht keinen Sinn.

Wie das Leben, sagte er. So wird Ihr Werk zur Analogie.

Aber Sie haben ja noch gar nichts gelesen!

Dann lassen Sie mich mal sehen.

Wir tauschten die Plätze und er las. Ist doch wunderbar, sagte er, Literatur pur. Das Feuilleton wird begeistert sein, da mancherlei Deutungen möglich sind. Ich brauche nur noch einen guten ersten Satz, der den Leser zur Hauptthematik führt.

Welche Hauptthematik?

Na, Chaos.

Ich versteh nur Bahnhof.

Auch ein schöner Ansatz, sagte er. Der Bahnhof als Ausgangspunkt für die Stationen des Lebens. Schicken Sie den Leser auf eine Reise.

Und wie?

Eben. Mit einem guten ersten Satz.

Er erklärte, der erste Satz ist der wichtigste. Er ist wie ein Samenkorn, aus dem all die anderen Sätze sprießen.

Kommt mir bekannt vor, sagte ich.

Sehen Sie? Eine gute Geschichte wächst von innen wie ein Baum.

Aber hier wächst gar nichts, sagte ich. Das ist eine zusammengenagelte Tanne, die einfach nur dasteht und ihre traurigen Äste hängen lässt.

Ein schönes Bild. Arbeiten Sie damit.

Er verzog sich wieder in sein Büro und ich ging raus und suchte die Tankstelle für mehr Bier. Ich fand sie nicht. Nachher fand ich nicht mehr zurück, weil die Wege schlecht beleuchtet waren. Ich irrte zwischen Lagerhallen und Geschäftshäusern umher, bis ich endlich wieder vor dem braunen Bürogebäude stand, das jetzt ganz schwarz war. Dafür hatte ich meinen ersten Satz beisammen. Er war eine Mischung aus Chaos und dem Titel von Marcs Arbeit.

Ich klopfte an die Tür des Verlegers. Er saß kerzengerade an seinem Pult:

Was haben Sie?

Den ersten Satz.

Lassen Sie hören.

Nun denn, ein junger Mensch auf dem Irrweg zur Nummer eins.

Das ist Ihr erster Satz?

Ja.

Schön.

Ich sagte, damit ist mein Roman fertig und er meinte, er muss so rasch wie möglich raus. Er hat sich mit meinem Agenten besprochen und für mittags ein Treffen vereinbart.

Schließen Sie die Tür. Gute Nacht.

Ich tippte den Satz in den Computer, warf die Bierbüchsen und Marcs Manuskript in den Abfall und ging nach Hause. Es dämmerte und eine Amsel sang.

Ich war todmüde und mein Kopf glühte wie ein ausgebrannter Stern, aber ich fühlte mich wie neugeboren. Ich war am Ende eines langen Irrwegs angelangt und sah nun endlich so etwas wie eine Startlinie vor mir.

68

Marc ließ mich nicht lange schlafen. Er kam in mein Zimmer, stellte den Stuhl neben mein Bett und nahm Platz. Er saß da wie an einem Krankenbett, nur dass nicht ich der Kranke war, sondern er. Er hatte Herzbluten, weil du ihm von unserer Nacht erzählt hast.

Er konnte nicht verstehen, wie das möglich war. Das mit den Alten und dir brachte er ja noch einigermaßen auf die Reihe, aber das mit uns? Das zeigte ihm nur, wie orientierungslos und verloren du bist. Er sagte:

Rock ist das traurigste Mädchen, das ich kenne.

Rock ist kein Mädchen.

Und du bist kein Mann.

Und du kein Ehrenmann, sagte ich, sonst wärst du nicht mehr hier.

Hä?

Die Rockwette, vergessen? Der Verlierer räumt den Platz.

Ich werde Rock sicher nicht verlassen. Ich werde sie heiraten.

Ja, ich auch.

Und zwar schon sehr bald, Timmchen.

Ja, ich auch.

Es war mir unangenehm, im Bett zu liegen, während er daneben saß. Außerdem verlor unsere Nacht an Magie, wenn man sie durch Marcs Kopf gehen hörte. Ich stand auf und zog den kleinen Rollladen hoch. Draußen leuchtete das Wetter. Wenn er seinen Wetteinsatz nicht einlöst, sagte ich, dann gibt's auch kein Bike und er kann sich nie wieder seine Waden an der Sonne bräunen. Das war ihm egal.

Ich setzte mich aufs Bett und schlug eine neue Wette vor: die Heiratswette. Wer von Rock das Jawort erhält, darf leben, der andere muss sich übers Balkongeländer werfen.

Schlag ein, sagte ich.

Komm mal mit, Timmchen.

Wir gingen in sein Zimmer. An der Tür prangte nun ein dickes Vorhängeschloss. Auf dem Schreibtisch lag ein neuer Ausdruck der Dissertation. Wieder aufgetaucht?, fragte ich und er sagte, nicht von selbst, er hat suchen müssen. Seine Augen zuckten, als wartete er darauf, dass ich losrenne und in meinem Versteck nachsehe.

Für wie blöd hältst du mich?, sagte ich.

Ich weiß aber, dass du's warst.

Klar war ich's.

Ich gab es zu wie ein Mann. Marc lachte erstaunt und ich sagte, ich hab sein blödes Manus genommen, um ein Druckmittel in der Hand zu haben, falls er seinen Wetteinsatz nicht einlöst. Ich kann ohnehin nichts damit anfangen, sagte er. Ich hab schon was damit angefangen, sagte ich. Wehe, ich stelle es ins Netz, dann trifft mich die ganze Härte des Gesetzes. Die Universität ist voller Anwälte, die nur darauf warten, mich vor Gericht zu zerren.

Hab was Besseres damit gemacht.

Was?

Zerschnitten.

67

Als ich in die Kantine kam, saß Vater an seinem Platz und las die Zeitung. Er faltete sie zusammen und legte sie neben zwei leere Tassen Kaffee, die er getrunken hatte. Er sagte, ich sehe bleich und erschöpft aus, ob er sich Sorgen machen muss. Im Gegenteil, sagte ich, ich habe die Nacht durchgearbeitet und den Roman vollendet.

Aber sechs große Dosen, Timm.

Hat der Spargelprinz gesungen?

Wenn wir nicht aufpassen, wirst du noch zum Alkoholiker.

Ich bin Schriftsteller. Da gehört das dazu.

Aber sechs große Dosen, Timm.

Ich holte mir einen doppelten Espresso. Die Leute standen fürs Mittagessen an, gewöhnliche Leute, die nichts davon wussten, was ich diese Nacht geschafft hatte. Ich überlegte, ob ich noch ein Bier zum Kaffee nehmen soll, um Vater zu provozieren, ließ es aber bleiben.

Der Verleger traf mit einem Packen Papier unter dem Arm ein. Er entschuldigte sich für die Verspätung, er hatte noch die Druckerpatrone wechseln müssen. Ich begrüßte ihn für seine Tratscherei mit einem eisigen Blick, dass ihm das Lächeln auf den Lippen gefror.

Er legte Vater das Manuskript hin. Auf dem Deckblatt stand groß mein Name, aber falsch geschrieben, Tim statt Timm. Vater zückte den Versicherungskugelschreiber und korrigierte es.

Wie viele Wörter?

Fünfzigtausendundeins, sagte der Verleger.

Das sind in Buchseiten?

Zweihundertfünfzig.

Vater schrieb beide Zahlen auf. Dann wollte er noch den Ladenpreis für einen Roman von diesem Umfang wissen, um ein paar erste Berechnungen anzustellen.

Es gibt auch einen Inhalt, sagte ich.

Natürlich. Entschuldige.

Er hob das Deckblatt ab und las die erste Seite. Er runzelte die Stirn und las sie nochmals.

Worum geht es in der Geschichte?

Steht doch im ersten Satz.

Vater las ihn vor:

Nun denn, ein junger Mensch auf dem Irrweg zur Nummer eins.

Ein toller erster Satz, schwärmte der Verleger. Ein echtes Samenkorn.

Vater schaute in seinen Tassen nach, ob noch ein Schluck Kaffee drin war. Er wollte wissen, worin der junge Mensch die Nummer eins werden will. Ich konnte es nicht sagen.

Schafft er es?

Erfährt man nicht, sagte ich. Es ist ein Roman mit offenem Ende.

Schwierig, fand Vater. Dennoch streckte er mir die Hand hin und gratulierte zum ersten Buch. Hoffentlich wird es ein Erfolg. Der Verleger drängte auf eine schnelle Veröffentlichung, bevor noch ein anderer ein ähnliches Buch schreibt. Vater hatte nichts dagegen. Bis er vom zusätzlichen Kapital erfuhr, das eingeschossen werden musste.

In der Kantine begann es säuerlich nach Hackbraten und dunkler Sauce zu riechen. Vater atmete tief durch und sagte, siebentausend dünken ihn etwas viel. Wie lautet eigentlich der Titel?

Beni, sagte ich.

Du willst den Roman nach deinem Bruder benennen?

Nein, dort geht er. Dachte, er ist krank.

Vater sagte, er hat heute Morgen kein Fieber mehr gehabt. Wir sahen ihm zu, wie er einen Platz suchte. Er hielt das Tablett schief, aber es fiel nichts runter.

Der Verleger meinte, Vater hat natürlich recht, das Buch braucht einen Titel. Einen möglichst prägnanten, der die Leserschaft emotional berührt, so wie das bei *Verbrenn mich* der Fall ist. Dieses flotte Büchlein weiß den Buchhandel allein aufgrund seines Titels zu entzünden.

Ich weiß einen guten, sagte ich.

Raus damit, sagte Vater.

Siebentausend Dosen Bier.

Meinst du das ernst?

Bierernst. Ich muss ins Bett, sorry.

66

Marc ließ mich erneut nicht lange schlafen. Er brachte mir sein Handy, aus dem mich Mutter fragte, wer der sympathische Mann ist, der immer so höflich abnimmt.

Das ist Marc.

Sie wollte wissen, was Marc arbeitet und ich sagte, er schreibt eine Doktorarbeit. Mutter war beeindruckt und ich musste sie darüber aufklären, dass nur wenige Leute sein Werk lesen werden.

Ich bin übrigens fertig mit meinem.

Kannst du mit Beni zum Psychiater gehen?

Heute Abend war kurzfristig ein Termin frei geworden. Beni wusste bereits Bescheid und sollte um fünf Uhr in der Kantine auf mich warten.

Schon wieder Kantine, stöhnte ich.

Kannst du bitte dafür sorgen, dass er alles sagt?

Ich geh sicher nicht mit rein.

Doch, Timm, bei der ersten Sitzung bist du dabei, das ist mit dem Psychiater so vereinbart.

Da komm ich mir aber blöd vor.

Es wird dir auch nicht schaden.

Beni ist der mit den Problemen, nicht ich.

Und was ist mit dem vielen Bier?

Ich bin Schriftsteller.

Sechs Dosen, Timm. Sechs große Dosen.

Ich hätte auch zehn geschafft.

Wie du meinst. Es ist dein Leben.

Als ich aufbrach, begann es zu regnen. Ich ging etwas schneller und war dann zu früh in der Kantine. Vater saß immer noch an seinem Platz und las mit dem Kugelschreiber in der Hand mein Manuskript. Ich bekam ein schlechtes Gewissen, weil der Text eine Zumutung war für jemanden, der sich nicht für Literatur interessierte. Vater las sonst nur Sachbücher. Am Rand seines Tisches stand ein leerer Teller mit eingetrockneter Sauce. Er hatte den Hackbraten zu Mittag gegessen.

Beni kam und fragte, wieso Papa noch hier ist.

Er arbeitet.

Für die Versicherung?

Für mich.

Beni hatte nasse Haare und schwamm noch mehr als sonst in Vaters altem Kittel. Wir machten uns auf den Weg. Aus den Augenwinkeln sah ich, wie Vater den Kopf hob und uns nachblickte.

65

Wir rannten, weil es jetzt stark regnete und wir weder Schirm noch Jacken hatten. Dann saßen wir in nassen Kleidern im Zimmer des Psychiaters und hörten dem Ticken einer alten Pendeluhr zu. Es war feierlich still dank eines dicken Teppichs, der alles wegschluckte und nach Tannennadeln roch.

Der Psychiater saß uns gegenüber. Er war alt, aber kräftig, trug eine dunkelbraune Cordhose und schwere Schuhe. Auf seinem Schoß ruhte ein Wachstuchheft. Es sah aus wie meins und zuerst dachte ich, es ist meins, aber das konnte nicht sein, meins lag noch im Verlag. Der Psychiater sagte:

Wer möchte beginnen?

Beni, sagte ich.

Wieso ich?

Weil es deine Sitzung ist.

Mama sagt, du hast auch Probleme.

Ich kokse aber nicht. Ich stottere nicht mal.

Ich stottere auch nicht.

Weil du kokst.

Und du trinkst.

Trinken Sie viel?, fragte der Psychiater.

Sechs große Dosen, sagte Beni.

Das ist viel.

Ich schaffe auch zehn.

Wieso trinken Sie so viel?

Ich bin Schriftsteller.

Müsste man Sie kennen?

Noch nicht. Aber bald.

Das Buch wird toll, sagte Beni.
Wovon handelt es?, fragte der Psychiater.
Vom großen Chaos, sagte ich.
Von Ihnen?
Nein.
Können Sie gut schreiben?
Ja.
Trinken Sie beim Schreiben?
Timi schreibt in einer Kneipe.
Was für eine Kneipe?
Mit wüsten Trinkern.
Ist ja gut, Beni. Beruhig dich wieder.
Sind Sie nicht etwas jung für ein solches Lokal?
Ich fühl mich wohl dort.
Was gefällt Ihnen daran?
Die Leute. Die sind echt.
Was meinen Sie mit echt?
Na ja, es sind Persönlichkeiten. Die brauchen nicht mehr zu spielen, die können einfach sie selber sein.
Und Sie? Können Sie auch Sie selber sein?
Klar.
Und außerhalb der Kneipe?
Wieso reden wir dauernd über mich? Fragen Sie doch mal Beni, wieso er sich die ganze Zeit die Nase pudert.
Nur ab und zu.
Wieso nehmen Sie Drogen?
Es tut mir gut.
Inwiefern?
Ich stottere nicht.
Sonst stottern Sie?
Ja.
Hat das einen Grund?

Beni ist als Kind beinahe ertrunken.
Was ist geschehen?
N-nichts.
Sie können mir jetzt auch wieder eine Frage stellen, sagte ich.
Waren Sie dabei?
Ja. Aber ich war auch noch klein.
Was ist geschehen?
Eine andere Frage bitte.
Wieso möchten Sie Schriftsteller werden?
Ich bin Schriftsteller.
Natürlich. Aber wieso?
Weil es der beste Beruf der Welt ist.
Ist er das?
Schriftsteller werden von allen bewundert.
Von wem?
Frauen. Und Männer sind neidisch, drum versuchen sie einem einzureden, dass man kein Schriftsteller ist.
Schreiben Sie gern?
Es geht.
Wäre das nicht Voraussetzung?
Es gibt keine Voraussetzung. Das ist ja das Tolle daran. Man braucht auch kein Diplom oder Geld oder Beziehungen, man braucht nur ein Stück Papier und schafft sich ganz allein seine eigene Bedeutung.
Fühlen Sie sich oft allein?
Timi ist nicht allein. Er hat doch uns.
Danke, Beni.
Wann kommt das Buch heraus?
Ich muss nur noch den Titel schreiben.
Was passiert dann?
Dann? Hm, dann kann alles passieren.
Timi wird berühmt.

Möchten Sie berühmt werden?

Wieso nicht?

Würden Sie weiterhin in dieser Kneipe verkehren?

Ich würde sie kaufen.

Gut. Das reicht fürs Erste. Ich möchte Sie gern nächste Woche wiedersehen.

Sag ihm, wann du kannst, Beni.

Sie beide, meinte ich.

Nein, ich bin draußen.

Timi, bitte.

Du kannst das genauso gut allein. Außerdem will er nur für zwei abrechnen.

Ich kann das hören.

Tut mir leid. Aber ich habe hier wirklich nichts verloren.

Und wenn es Ihrem Bruder helfen würde?

Ich helfe ihm dauernd.

A-am kleinen See nicht.

Was soll das jetzt? Machst du einen auf Mutter, wenn sie Migräne hat?

Nein.

Wusste gar nicht, dass du so ein Arschloch sein kannst.

Selber A-Loch.

Pferdearschloch.

Selber Pferd.

Elefantenarschloch.

Hihi.

Walfisch-

Führt das wohin? Ich habe noch eine andere Sitzung.

Also gut. Ein letztes Mal. Aber dann muss er's allein packen.

M-Mondarschloch.

Nein, Beni, das gibt's nicht.

64

Nach der Sitzung ging es mir schlecht. Der Psychiater redete einfach weiter. Er stellte hundert Fragen in meinem Kopf und ich musste in die Kneipe, um ihn zu ersäufen. Es dauerte ziemlich lange, bis er tot war. Aber dann hatte ich Ruhe und konnte über einen Titel für mein Buch nachdenken.

Ich sagte zu dir, gib mir bitte etwas zu schreiben. Du hattest nur das kleine Blöcklein, auf dem du die Bestellungen notiertest. Wie soll ich auf diesen Furzzettelchen einen tragfähigen Titel entwickeln? Kannst du nicht ein anständiges Blatt Papier für mich auftreiben? Du holtest eine Rolle Klopapier und stelltest sie mir hin:

Sollte reichen für deinen Scheiß.

Ich zeigte auf den kaputtesten Kerl im Raum, einen verwahrlosten, stinkenden Penner und sagte:

Guck, er ist zurück.

Wer?

Dein Vater.

Raus.

Ich brauchte mein Wachstuchheft, ohne konnte ich nicht denken. Ich fuhr zum Verlag, es war dunkel und der Bus raste wie blöd. Im Büro war auch alles dunkel und ich fand zuerst den Lichtschalter nicht und bekam Angst. Dann wollte ich dich anrufen und mich entschuldigen, aber das Telefon im Vorzimmer hatte zu viele Knöpfe, ich bekam keinen Summton hin. Ich telefonierte vom Schreibtisch des Verlegers aus.

Während ich wartete, dass in der Kneipe abgenommen wurde, sah ich mir die Briefe an, die herumlagen. Mein Verleger schien der ganzen Welt Geld zu schulden, der Druckerei, der Bank, der Sekretärin. Dann lag da noch ein Schreiben einer wütenden Autorin, die ihn einen unfähigen Dilettanten nannte, weil sich ihre Bücher nicht verkauften.

Was machen Sie da?

Ich? Telefonieren.

Der Verleger stand mit einer weißen Tüte unter der Tür. Ich legte Hörer und Brief hin und sagte, mir kommt kein guter Titel in den Sinn. Es roch nach warmem Curry aus seiner Tüte.

Darf ich mitessen?

Meinetwegen.

Ich holte den Stuhl aus dem Vorzimmer, dann saßen wir an seinem Tisch und aßen zusammen Reis an einer salzigen Sauce aus einer Aluschale.

Hatten Sie schon mal einen Hit?, fragte ich.

Was?

Einen Bestseller.

Nein.

Wieso nicht?

Essen Sie. Kalt schmeckt es nicht.

Es schmeckte auch warm nicht. Das schattige Licht im Zimmer und der salzige Geschmack im Mund machten mich nervös. Außerdem hatte der Verleger vom Essen gelbliche Lippen, was mich zusätzlich aufregte. Ich fragte, wieso er noch nie einen Hit hatte, ob er keinen möchte. Er lachte wie über einen Dummkopf und sagte, dass jeder, der Bücher macht, ob er sie nun schreibt oder verlegt, einen Bestseller vor Augen hat. Nur gibt das niemand zu. Als er angefangen hatte, träumte er sogar von der großen, goldenen Eins.

Was ist das?

Rang eins auf der Bestsellerliste.

Und jetzt haben Sie aufgegeben?

Wie kommen Sie darauf?

Ich zeigte auf die vergilbten Papierstapel und die Staubmäuse. Da sagte er dasselbe wie meine Mutter:

Es gibt zu viele Bücher auf der Welt.

Na prima, dachte ich.

Der Verleger holte eine Flasche Grappa aus der Pultschublade, schenkte zwei Gläschen ein und gab mir eins. Kaum hatte ich es getrunken, fing mein Kopf zu glühen an. Ich spürte, dass wir es trotzdem schaffen konnten. Dass wir nur einen guten Titel brauchten. Wie kriegte man den hin?

Der Verleger sagte, am besten nimmt man eine zentrale Stelle aus dem Buch und verdichtet sie. Bei mir gibt's aber keine zentrale Stelle, sagte ich, da ist alles gleich zentral. Ich habe doch einen guten ersten Satz, meinte er. Den soll ich eindampfen, so wie man das bei *Verbrenn mich* gemacht hat. Zwei Worte, hervorragend. Noch besser wäre allerdings ein einziges Wort. Der Buchhandel liebt leuchtende Umschläge mit großen Ein-Wort-Titeln.

Oder gar kein Wort, sagte ich.

Das geht nicht, sagte er.

Und wie das geht, sagte ich.

Ich ging ins Vorzimmer, schaltete den Computer ein und tippte den Titel. Ich schwitze und zitterte. Ich wusste, dass ich es hatte. Ich hatte den besten, kürzesten, raffiniertesten Buchtitel aller Zeiten geschrieben. Der Verleger kam nachschauen. Er beugte sich zum Bildschirm und fragte:

Ist das Ihr Titel?

Das ist mein Titel.
Genial.

63

Am nächsten Tag hatte ich Brotjob. Als ich fertig war, trug ich einen Blumenstrauß in die Kneipe, der so groß war wie mein schlechtes Gewissen. Ich wusste, dass du heute Spätschicht hattest, aber du warst noch nicht da. Du kamst und kamst nicht und meine Blumen bekamen langsam Durst. Ich fragte einen Mann am Nebentisch, ob er weiß, was mit dir los ist und er meinte, Rock ist frei. Klar ist Rock frei, sagte ich, aber wo ist sie?

Hörst du nicht zu, Junge? Sie hat frei!

Ich ging nach Hause. Als ich die Wohnung betrat, roch es nach Backofen. Du und Marc saßt bei Kerzenlicht in der Küche und aßt einen Dreigänger, den er gekocht hatte. Es sah nach einer heimlichen Verlobungsfeier aus.

He, das sind meine Kerzen, sagte ich. Die hab ich gekauft.

Und Blumen hast du uns auch gekauft, sagtest du.

Die sind aber nur für dich.

Wirf sie weg.

Was?

Ich will nichts von dir, sagtest du und ich ging auf den Balkon und schleuderte den Strauß übers Geländer. Er zerfiel in der Luft und es regnete Tulpen und Nelken. Dann setzte ich mich trotzig zu euch an den Tisch und Marc sagte, er hat heute seine Dissertation abgegeben, daher das kleine Festmahl.

Ich hab schon lange abgegeben, sagte ich.

Dann bekommst du auch was.

Er schöpfte mir einen Teller mit Huhn und Kartoffelgratin. Leben und leben lassen, sagte er und zwinkerte dir zu. Du lobtest seine Kochkünste und nanntest ihn einen Chef de

Cousine, weil du zu blöd für Fremdwörter bist. Es schmeckte ganz okay, aber verglichen mit meinen Eierschnittchen mit Weinschaum war es Kantinenfraß. Ich nahm ein Weinglas und schenkte es voll. Eure Gläser schenkte ich ebenfalls voll, obwohl Marc dankend abwehrte, er hatte schon eins gehabt.

Ich vertrage nicht allzu viel, meinte er.

Ich schon, sagte ich und kippte den Wein hinunter.

Zum Dessert gab es Tiramisu. Du wolltest das Rezept wissen und Marc redete von Mascarpone und ein paar Tropfen Spezial-likör, den er in einem Delikatessengeschäft aufgetrieben hatte. Die Flasche stand noch neben dem Herd. Du streicheltest seine Hand auf dem Tisch und ich begann zu frieren.

Wer will einen Kaffee?

Alle wollten einen. Für Marc machte ich eine Spezialtasse mit einem gehörigen Schuss Speziallikör, den ich mit viel Zucker verrührte, damit er die dreiundvierzig Prozent nicht schmeckte.

Nach dem Dessert standest du auf und gingst ins Bad. Marc schaute dir nach und erklärte mit wässerigem Lächeln, dass er dir an der Promotionsfeier einen Antrag machen wird, vor allen Leuten.

Und dann?, sagte ich.

Dann wird sie hoffentlich Ja sagen.

Keine Chance, sagte ich, Rock ist nicht so eine.

Was für eine?

Die einen Dr. Gähn heiratet.

Er schmunzelte und wollte eine Zigarette probieren. Nicht hier drin, sagte ich, geh auf den Balkon. Ich gab ihm das Weinglas mit, sagte, damit schmeckt Rauchen noch besser. Er stolperte hinaus.

Als du im Nachthemd-T-Shirt in die Küche kamst, um deinen Stecher zu holen, kniete er vor dem Balkongeländer und probte den Heiratsantrag. Du wolltest ihm aufhelfen, aber er wollte auf dem Boden bleiben, umklammerte deine Schenkel und sagte, er liebt dich, er betet dich an, du bist seine Göttin. Wir schleppten ihn gemeinsam in sein Zimmer und legten ihn aufs Bett. Während ich seine Pantoffeln auszog, sagte er, mich liebt er auch, wir drei sind eine Familie.

Ich ging meine Zähne putzen. Dann klatschte ich mir Zauberrasierwasser ins Gesicht und sprach zu meinem Spiegelbild:

Die Alte ist fällig. Mach sie fertig.

62

Ich konnte dich nicht finden. Du warst weder in deinem Zimmer noch in der Küche.

Wo ist sie?, fragte ich den Hund, der vor dem Kühlschrank lag.

Dreimal darfst du raten.

Nein!

Ich ging zu Marcs Zimmer und drückte mein Ohr an die Tür. Ich hörte ein rostiges Stöhnen. Ich ging in die Küche zurück und fragte den Hund, was ich jetzt tun soll.

Schlafen.

Er legte die Pfote über die Schnauze und schloss die Augen. Ich ging auf den Balkon und rauchte eine Zigarette gegen den ungerechten Himmel. Auf dem Boden lag Marcs Handy. Ich hob es auf und wollte mit ihm das gleiche machen wie mit dem Blumenstrauß, aber das hätte jemanden töten können, und nicht den richtigen.

Ich brachte das Handy zu Marc ins Zimmer. Er turnte in gleißendem Licht auf dem Bett herum, nahm dich von hinten und rüttelte wie ein Stier an dir. Sein Kopf war rot wie eine Tomate und sein Hals orange. Ich streckte ihm sein Handy hin, aber er ließ sich nicht aus dem Rhythmus bringen.

Deine Großmutter!, schrie ich.

Endlich bemerkte er mich. Er zog sein Schwert aus der Scheide und presste das Handy ans Ohr.

Hallo?, keuchte er, Hallo?

Du drehtest dich auf den Rücken und legtest dir ein Kissen auf den Schoss. Dein Mund lächelte boshaft, aber deine Augen waren traurig.

Aufgelegt, sagte Marc. Er war zu benommen, um zu merken, dass da gar kein Anruf gewesen war. Er rief Großmutter an, aber sie ging nicht ran.

Timm, was hat sie gesagt?

Sie hat gestöhnt.

Gestöhnt?

Aber nicht wie eine Nutte.

Du zeigtest mir den Finger und ich streckte dir die Zunge raus.

Da stimmt was nicht, sagte Marc und kletterte vom Bett. Er sammelte seine Kleider ein und wankte ins Bad.

Ich brannte so sehr, dass ich keine Luft mehr bekam. Ich stellte mich erneut auf den Balkon und starrte in die Tiefe. Ein Taxi hielt. Ein winziger Marc kam aus dem Haus und stieg ein. Das Taxi fuhr los und die Lichter verschwammen in der Nacht.

Du kamst angezogen auf den Balkon. Stelltest dich neben mich und strichst deine Haare nach hinten. Ich wusste, es war noch nicht zu Ende, du hattest mich noch nicht genug fertiggemacht. Du sagtest:

Muss grausam für dich gewesen sein.

Was?

Zu sehen, wie ich gevögelt werde.

Ich bin nicht verliebt in dich.

Du hättest das mit meinem Vater nicht sagen dürfen.

Schon klar.

Wir schauten in den Himmel. Ein bleicher Zitronenschnitz hing über uns, umringt von Sternenkrümeln. Ein kühler Windstoß streifte unsere Wangen.

Rock?

Timm?

Vielleicht war's doch ein bisschen grausam.

Du nahmst mich in die Arme und drücktest mich.

Wieso machst du auch solche Sachen, Kind?

Liebe ist Zweikampf, sagte ich und versuchte nicht zu heulen.

Vielleicht geht es gar nicht um Liebe, sagtest du.

Aber um Zweikampf, sagte ich. Nehmen wir uns ein wenig in den Schwitzkasten?

Du lachtest und schlugst vor, noch eine Runde mit dem Hund zu drehen.

Der Hund wedelte zwischen uns hin und her und freute sich, dass wir uns wieder vertrugen. Im Park war es ruhig, die Bäume streckten ihre Äste nach dem schwarzen Himmel aus und auf den Bänken schnarchten die Obdachlosen.

Eines Tages wohne ich auch hier, sagte ich. Kommst du mich dann besuchen?

Dein Handy klingelte. Es war Marc, er sagte, gut ist er rausgefahren, Großmutter ist nicht mehr aus der Badewanne gekommen. Sie steckte seit dem Mittag fest und ist ganz aufgeweicht und entkräftet. Wird Zeit, dass sie in ein Altersheim kommt. Er bleibt die Nacht bei ihr.

Zum Glück hast du ihren Anruf gehört, sagtest du zu mir. Wer weiß, was sonst passiert wäre.

Wir gingen zurück. Vor der Haustür lagen meine Blumen herum. Sie sahen aus wie kleine tote Großmütter. Da sagte ich dir die Wahrheit. Dass sie gar nicht angerufen hatte.

Ich bin krank, sagte ich.

Du bist feinfühlig, sagtest du. Hast gespürt, dass sie in Not ist und hast drum so reagiert.

Glaubst du?

Ich glaub wirklich an solches Zeug.

Du nahmst eine Nelke, die noch nicht zertreten war, vom Boden auf und rochst daran. Du bedanktest dich mit einem Kuss dafür. Dann gabst du mir noch einen zweiten, etwas längeren Kuss, weil ich so fein roch.

Als Marc am nächsten Morgen bei strahlend schönem Wetter nach Hause kam, gab es ein Donnerwetter.

61

Marc versuchte, seine Wut und Entrüstung zu unterdrücken. Er schnaufte gepresst.

Dann ist das jetzt also eine Dreierkiste, mh?

Komm wieder runter, sagtest du.

Ich bin unten, Fotzkuh.

Was?

Meine Großmutter säuft beinahe ab und du, du –

Wir sind kein Paar, Marc. Wir sind bloß Freunde.

Freunde tun einem so etwas nicht an!

Freunde sagen auch nicht Fotzkuh zueinander.

Du streiftest dir das T-Shirt über und standest auf. Marc holte tief Luft und ich zog mir die Decke über den Kopf.

Fotzkuh!

Du gingst in die Küche, er folgte dir:

Fotzkuh! Fotzkuh! Fotzkuh!

Das Wort schien ihm gutzutun. Er sagte es noch ein paarmal, ehe du mit Zigaretten und Aschenbecher ins Schlafzimmer zurückkehrtest und ihm die Tür vor der Nase zuschlugst.

Wir rauchten im Schneidersitz, während Marc im Gang herumtigerte. Er schiss den Hund zusammen, dann ging er ins Bad und pisste im Stehen, was du uns verboten hattest. Er rumorte in seinem Zimmer herum und klopfte an unsere Tür, um sich dann mit Tasche und Koffer zu verabschieden. Das war's, sagte er, er ist raus aus dem Spiel. Den Rest lässt er abholen.

Er kehrte nochmals zurück, um sich für sein böses Wort zu entschuldigen.

Ich liebe dich, sagte er.

Bitte bleib, sagtest du, aber er blieb nicht. Wir hörten ihn das Treppenhaus hinuntersteigen und ich tippte an deine Schulter und fragte, ob wir jetzt eine Zweierkiste sind.

Lass das.

Der kommt wieder, wetten?

Wie ernst es ihm war, konnte man an seiner Zimmertür ablesen. Das Vorhängeschloss stand offen und der Schlüssel steckte.

Wir setzten uns an den Küchentisch. Der Hund rieb seinen Kopf an deinem Bein, während du auf deinem Handy nach einer Mitteilung von Marc suchtest. Er hatte keine hinterlassen. Dafür rief jetzt meine Brotjob-Chefin an und fragte, ob ich heute einspringen kann.

Kauf dir ein eigenes Handy!, schimpftest du.

Als ich im Supermarkt ankam, streckte mir die Chefin das Telefon entgegen. Mein Agent war dran und fragte, ob wir heute Abend zum Verlag fahren können, mit dem Roman stimmt etwas nicht.

Der Titel?

Nein, der ist großartig. Ich hole dich um sieben ab.

Ich arbeitete unkonzentriert. Zuerst füllte ich die Frühstücksflocken falsch auf und später ließ ich einen Stapel leere Getränkekästen von der Rampe kippen.

Auf der Fahrt zum Verlag sagte Vater, mein Text liegt lektoriert und gelayoutet als Druckfahne bereit. Ich fand Druckfahne ein schönes Wort, aber Vater fand es nicht schön, etwas störte ihn am Text:

Er hat keine Struktur, Timm. Ein einziger Klumpen.

Die Druckfahne lag auf dem Pult der Sekretärin. Der Verleger stand daneben und lächelte. Auf seiner Stirn glitzerten kleine Schweißperlen, es war stickig im Büro und Vater blätterte zackig durch die Seiten:

Siehst du? Eine einzige Bleiwüste.

Ich schreib das sicher nicht um.

Aber so ist es unlesbar.

Er verlangte, dass wir das Werk in Kapitel unterteilen. Ich war dagegen. Jede Schularbeit und jede Dissertation hatte Kapitel, aber das hier war etwas Höheres, das war Kunst und Kunst hatte Anspruch auf eine eigene Form.

Timm, ich bestehe darauf. Kurze, gleichmäßige Kapitel.

Ich schaute den Verleger an. Er lächelte und hob die Schultern, als wollte er sagen, wer zahlt, befiehlt. Wir setzten uns hin und fingen an, Kapitel zu machen.

Ich sagte, wo ein Kapitel endete und das nächste anfing, und der Verleger schrieb die entsprechende Nummer auf die Fahne. Ich fühlte mich wie ein Buchhalter und nicht mehr wie ein Schriftsteller.

Am Ende waren es genau hundert Kapitel. Eine runde Zahl, die Vater freute. Aber es war nicht sein Roman, es war mein Roman, deshalb sagte ich, ich will es umgekehrt haben.

Ich will Countdown-Kapitel.

Was soll das sein?

Mit hundert beginnen und rückwärts zählen bis eins.

Das ist doch albern.

Nein, das ist Literatur.

Vater kratzte sich am Kopf und fragte den Verleger, ob es so etwas schon gegeben hat. Seines Wissens nach nicht, nein. Aber das Feuilleton könnte Gefallen daran finden, es liebt kreative Einfälle, besonders, wenn sie den Interpretationsspielraum erweitern.

Also gut, sagte Vater. Machen wir's rückwärts.

Später wurde ja dann viel darüber diskutiert, was dem Buch zum Erfolg verholfen hat, der Titel oder die Countdown-Kapitel. Aber es könnte auch am Cover gelegen haben, das wir noch am selben Abend bestimmten. Der Verleger zeigte uns verschiedene Bilder und Vater schüttelte bei jedem den Kopf, weil es ihm zu wenig Grün darauf hatte. Ich wollte überhaupt kein Bild auf dem Cover haben.

Kein Bild?

Lenkt zu sehr vom Titel ab.

Was dann?

Einfach nur eine Eins. Eine große, goldene Eins auf rotem Grund.

Der Verleger war sofort Feuer und Flamme. Ein solcher Umschlag würde in der Buchhandlung wie ein Signal wirken und sämtliche Blicke auf sich ziehen. Das überzeugte schließlich auch Vater.

Der Verleger füllte drei Plastikbecher mit warmem Weißwein und sagte:

Auf die Eins!

Er bekam rote Bäckchen und geriet ins Plaudern. So erfuhr ich, dass er nicht nur Verleger war, sondern auch Lektor, Korrektor und Layouter.

Bevor wir zurückfuhren, steckte ich noch mein Wachstuchheft ein. Morgen war Sitzung und da wollte ich Benis Psychiater zeigen, dass ich dasselbe Heft hatte wie er. Und dass meins viel vollgeschriebener war als seins.

60

Wie geht es Ihnen?
G-gut.
Und Ihnen?
Ich habe auch so eins.
Was?
So ein Wachstuchheft. Da.
Möchten Sie, dass ich es lese?
Nur darin blättern. Sie können es bald als Buch lesen.
Wie lautet der Titel?
Eins.
Eins was?
Nur Eins. Wie in Nummer eins.
Sagen Sie mir nochmals, wovon es handelt?
Ein junger Mensch auf dem Irrweg zur Nummer eins.
Sind das Sie?
Nein.
Können Sie sagen, wer Sie sind?
Ja. Ich bin der, der Timm spielt.
Und wer ist Timm?
Ein Schriftsteller.
Wäre dieser Timm gern die Nummer eins?
Auf der Bestsellerliste? Schon.
Wo sonst noch?
Wieso geht es wieder nur um mich? Wir sind wegen Beni hier, fragen Sie ihn doch mal, wer er ist.

Beni. Wer sind Sie?
Mama sagt, ich bin etwas Besonderes.

Ein Junkie bist du. Erzähl doch mal, wer dir das Zeug vertickt, damit wir weiterkommen.

D-darf ich nicht sagen.

Mutter macht sich große Sorgen um dich, das weißt du hoffentlich.

Sie scheinen eine gute Mutter zu haben.

Die beste.

Hat sie einen Lieblingssohn?

Nein, sie hat uns beide gleich lieb, gell, Beni? Ihre Liebe reicht locker für zwei.

D-dich hat sie lieber.

Was?

Du bist ihr Held.

Quatsch!

Doch, Timi.

Woran machen Sie das fest?

Timi kann alles.

Was alles?

Er hat einen Schreibwettbewerb gewonnen.

Weiter?

Die Aufnahmeprüfung fürs Gymnasium. O-obwohl der Lehrer gesagt hat, er schafft es nicht. Und …

Sie waren auf dem Gymnasium?

Ja.

Abgeschlossen?

Fast. Beni wollte noch mehr sagen.

Das Buch. Mama erzählt es überall rum.

Bist du sicher? Was sagt sie?

Weiß nicht mehr.

Denk nach, Beni, das ist wichtig.

War Ihre Mutter beim Unfall dabei?

S-sie war auf Toilette.

Sie hat Sie allein am Wasser gelassen?

Timi hat auf mich aufgepasst.

Wie alt waren Sie da?

Beni vier, ich sechs.

Wie ist es zu dem Unglück gekommen?

Beni wollte zu mir ins Wasser. Er konnte noch nicht schwimmen, aber er wollte unbedingt zu mir.

Sie konnten ihn nicht davon abhalten?

Nein. Er wollte unbedingt zu mir ins Wasser.

Können Sie sich daran erinnern, Beni?

Nein.

Wer hat Sie gerettet?

Mama.

Stimmt nicht. Ein Mann hat dich rausgeholt. Mutter kam erst zurück, als du schon auf der Wiese lagst.

Und dann?

Nichts. Beni lag einfach nur da.

Was haben Sie gemacht?

Nichts. Ich dachte, er ist tot.

Und Ihre Mutter?

Die hat um sein Leben geschrien.

Was fühlten Sie dabei?

Nichts. Um mich herum wurde alles weiß.

Fühlten Sie sich schuldig?

Ich war nicht schuld. Ich war viel zu klein.

Und heute?

Heute könnte ich Beni retten. So wie ich Marcs Großmutter gerettet habe, die alte Kuh.

Wer ist Marc?

Niemand mehr.

Machen Sie sich wirklich keine Vorwürfe?

Nein.

Und Ihrer Mutter?

Sie kann auch nichts dafür. Jede Mutter muss mal aufs Klo.

Hat sich Ihr Bruder nach dem Unfall arg verändert?

Fragen Sie ihn doch selbst.

Ich frage Sie.

Er ist kaputt.

I-ich bin nicht kaputt.

Tut mir leid, so hart wollte ich es nicht sagen. Es ist nur etwas Kleines kaputtgegangen, da oben, weil zu wenig Sauerstoff reingekommen ist. Mutter sagt immer, er ist so ein fröhlicher, frecher Kerl gewesen.

Ich bin immer noch frech.

Ja, du kokst.

Mama sagt, ich bin etwas Besonderes.

Das bist du, Beni. Du hattest großes Glück. Wir alle hatten großes Glück. Kann ich mein Wachstuchheft zurückhaben?

59

Nach der Sitzung brachte ich Beni nach Hause. Mutter fragte, ob ich zum Abendessen bleiben möchte und Beni sagte, bitte sag Ja. Er zeigte mir sein Zimmer, das bis vor Kurzem noch meins gewesen war und das er mit Vater neu gestrichen und eingerichtet hatte. Jetzt erinnerte nur noch das Büchergestell, in dem meine Schulbücher gestanden hatten, an meine Zeit. Es war leer und Beni sagte, er will es mit all den Romanen füllen, die ich schreiben werde.

Vater kam nach Hause und Mutter rief zum Essen. Auf dem Tisch stand ein roter Topf, der festlich dampfte, als Mutter den gusseisernen Deckel hob.

Vater erzählte von einem arbeitsreichen Tag. Er hatte mit dem Verleger einen Workshop durchgeführt und einen Plan für die Markteinführung des Buches ausgearbeitet. Sobald es gedruckt ist, wird Vater die Buchhandlungen abklappern und das Werk persönlich vorstellen. Der Verleger wird seine Kontakte zum Feuilleton spielen lassen und für eine breite Medienpräsenz sorgen. Den idealen Ort für die Vernissage haben sie auch schon gefunden.

Ratet mal, wo.

Wir rieten und Vater sagte:

Kantine.

Kantine?

Aber ja. Wenn seine Kollegen erfahren, dass sein Sohn liest, werden sie alle kommen. Und Beni kann bei sich oben ein Flugblatt ans Schwarze Brett hängen für noch mehr Publikum. Wir werden volles Haus haben.

Mutter fragte, ob mein Buch ein Krimi oder ein Fantasyroman ist und ich sagte, es ist eine Liebesgeschichte. Vater blickte mich irritiert an und ich erklärte, das Buch ist voller Rock. Sie kommt zwar nicht namentlich darin vor, aber eine Menge Sätze handeln von ihr und ihren Jeans und auch sonst ist vieles von ihr inspiriert, da ich es in ihrer Nähe geschrieben habe. Eigentlich könnte das Buch auch *Liebe Rock* heißen, sagte ich und Mutter fragte:

Weiß Rock, dass sie deine Freundin ist? Oder nur du?

Hallo? Was soll das jetzt?

Dann stell sie uns halt mal vor.

Also gut, sagte ich, kommt morgen Abend zum Essen.

Wird Rock auch da sein?

Alle werden da sein, sagte ich, Rock, der Hund, ich. Nur Marc wird nicht da sein, den hat Rock nämlich auf die Straße gestellt.

Den Doktoranden? Wieso das denn?

Weil er nicht ihr Freund ist.

Beni wünschte sich ein Huhn für morgen Abend und ich sagte, in Ordnung, ich mach dir ein Huhn. Vater wollte die Entwürfe für den Buchumschlag zum Essen mitbringen, damit wir sie gleich in großer Runde besprechen können.

Oder darf Rock sie noch nicht sehen?

Rock darf alles sehen, sagte ich. Wir gehören zusammen.

Wir aßen zu Ende und Beni fing plötzlich zu lachen an. Wir wussten nicht, wieso, er vermutlich auch nicht, aber wir stimmten in seine herzige Fröhlichkeit ein und lachten mit. Mutter sagte, sie freut sich auf das Buch und ich sagte, ich schenke ihr das allererste Exemplar, das vom Band läuft und schreibe ihr eine lange Widmung hinein.

Bekommt Beni auch eins?
Alle bekommen eins, sagte Vater.

Dann zog sich die Familie hinter den Fernseher zurück und ich ging in die Kneipe, um ein paar Biere zu trinken. Und um dich zu überreden, morgen Abend freizunehmen, auch wenn es Samstag war, dein umsatzstärkster Tag. Aber für deinen Freund könntest du das ruhig tun.

58

In der Kneipe war nicht viel los. Die wenigen Gäste sahen drein, als wären sie des Trinkens müde. Du trugst ein graues Sweatshirt mit Wasserspritzern drauf und ich war froh, dass ich dich nicht mehr mit Marc teilen musste.

Zwei Männer offerierten dir Weißwein. Du redetest mit ihnen und ich schwenkte mein leeres Glas, um dich von ihrem Tisch wegzulocken. Als du endlich kamst, fragte ich, ob du für morgen Abend freinehmen kannst. Hast du bereits getan, sagtest du, Marc hatte dich darum gebeten, als er noch bei uns wohnte. Er hatte wohl eine Überraschung geplant.

Jetzt hab ich eine Überraschung, sagte ich. Meine Familie kommt zum Essen.

Ohne mich.

Sie wollen dich aber kennenlernen.

Ich werde nicht da sein. Ich hasse solche Essen.

Du kommst aber in meinem Roman vor.

Ist das wahr?

Du strichst dir eine Strähne hinters Ohr und sagtest, einverstanden. Aber ich muss deine Mutter auch einladen, du willst nicht ohne Familie dastehen, wenn ich meine auffahren lasse.

Ich bekam dein Handy und rief deine Mutter an. Sie freute sich über die Einladung und bot an, den Wein beizusteuern.

Ich backe ein Huhn, sagte ich.

Klingt verlockend, sagte sie.

Als ich aufgelegt hatte, klingelte es und meine eigene Mutter war dran. Es gibt ein Problem mit dem Psychiater, sagte sie. Er hat sie angerufen, weil wir unsere Notizhefte vertauscht haben. Ich sah nach und tatsächlich, ich hatte seins statt meinem. Mutter sagte, ich darf nicht darin lesen, der Psychiater hat gemeint, es würde die Therapie gefährden.

Ich bin nicht in Therapie, sagte ich, ich bin nur Beisitzer.

Lass das Heft bitte zu, Timm.

Zulassen, klar.

Tu morgen etwas Butter ans Essen. Beni ist so dünn geworden.

Butter ans Essen, klar.

Ich blätterte das Heft durch. Zuerst war es ganz lustig, es gab Sätze voller Saft und Kraft wie:

Sie kotzt wieder.

Oder:

Pimmelkomplex ahoi.

Es wäre gutes Cut-up-Material gewesen, sehr gutes sogar, doch dann erreichte ich die Tage, wo Beni und ich unsere Sitzungen hatten. Über Beni stand nichts, nur über mich. Ich hätte es nicht lesen dürfen, Rock, es bekam mir nicht. Der alte Trottel hatte mich überhaupt nicht verstanden, er schrieb:

buhlt unglücklich um Anerkennung
Alkoholexzesse
hält sich für ein Wunderkind
dominiert seinen Bruder
Persönlichkeitsstörung

Ich musste das Heft verbrennen, jetzt sofort. Am Nebentisch ließ sich ein schwerer Altrocker nieder. Er hatte eine Zahnlücke und ich fragte ihn, ob er mir sein Feuerzeug leiht.

Waf?

Er pfiff dich durch die Zahnlücke herbei und bestellte schwarzen Rum.

Für mich auch, sagte ich.

Verträgst du das?, sagtest du.

Einen doppelten, sagte ich.

Der Rum brannte wie Benzin im Hals. Um dem Psychiater zu beweisen, dass ich nicht um Anerkennung buhlte, sagte ich *Fotzkuh* zu dir. Der Altrocker spitzte die Zahnlücke.

Hättest beim Bier bleiben sollen, sagtest du.

Und du hättest bei deinem Vater bleiben sollen.

Mach jetzt nicht wieder alles kaputt, Kind.

Zum Altrocker sagtest du:

Ich komm in seinem Buch vor.

Dein Vater kommt morgen auch zum Essen, sagte ich. Er bringt eine Rasierwassermelone mit.

Du gehst jetzt besser.

Hey, Zahnlücken-Johnny, kennst du den Unterschied zwischen Alkohol und Rocks Vater? Beide sind flüchtig.

Du knalltest mir eine, dass ich fast vom Stuhl flog. Die Ohrfeige erregte mich und ich wollte mehr davon. Ich sagte, du schlägst wie ein Mädchen, da packtest du mich und zerrtest mich vom Stuhl. Wir landeten auf dem Boden und verkeilten uns ineinander. Die anderen Gäste kamen angeschlurft und bildeten einen Kreis um uns:

Was hat der Junge verbrochen?

Ist wohl frech geworden.

Hat er sie an' Arsch gefasst?

Nun reißt sie seinen auf.

Der Altrocker hatte sich ebenfalls aus dem Stuhl gestemmt und seinen Bauch in den Kreis gestellt. Wir grunzten und zischten da unten und plötzlich hattest du mich in einem bösen Würgegriff und drücktest zu. Ich spürte deine gefährliche Kraft.

Das überlebst du nicht, Junge.

Ne, das überlebt er nicht.

Bist nicht der Erste, den sie fertigmacht.

Und wie sie ihn fertigmacht. Scheiße.

Ich steckte wirklich in der Klemme. Ich röchelte und heißer Speichel rann mir übers Kinn. Ich rammte dir den Ellbogen in die Seite, aber du drücktest noch fester zu. Spitze Sterne stachen mich in die Augen und ich geriet in Panik. Ich wollte dir die Hand oder den Fuß verdrehen, damit du wieder zur Besinnung kommst, aber das Einzige, was ich zu fassen bekam, waren deine Haare. Ich riss wie blöd daran und je mehr ich riss, desto stärker drücktest du zu. Die Gegenstände um mich herum verloren ihre Farbe und meine Ohren schrien. Das gibt's nicht, dachte ich, das gibt's nicht!

Der ist bedient, Rock.

Rock, lass ihn los.

Du bringst ihn noch um, Rock.

Der Altrocker griff ein. Nu is aber genug mit den Turteltäubchen, nuschelte er und befreite mich aus deinem Schraubstock. Er stellte dich auf die Beine und strich dir die Haare aus dem Gesicht.

Er hätte sich nicht einmischen dürfen, Rock. Er hätte dich einfach weitermachen lassen sollen, das wäre besser gewesen für dich und mich und alle von uns.

Ich wankte aus der Kneipe und übergab mich in den Rinnstein. Der Psychiater sagte, er kotzt wieder, und ich klappte das Heft auf und wischte mir den Mund an seinen Seiten ab.

57

Ich zerknüllte das Heft und stopfte es dem Psychiater in den Briefkasten. Zu Hause wartete ich mit Blumen auf dich, die ich irgendwo ausgerissen hatte. Auf dem Küchentisch brannte eine Kerze. Ich trank ganz viel Wasser.

Du kamst erst gegen drei. Mit dem Altrocker im Schlepptau. Er legte mir seine Pranke auf die Schulter und setzte sich neben mich. Ich stand auf und ging mit dem Hund raus. Als wir zurückkehrten, saßt ihr immer noch in der Küche und aßt Spaghetti. Der Alte sog die Dinger säuselnd durch die Zahnlücke. Dann stapfte er in dein Zimmer, du folgtest ihm und machtest die Tür hinter dir zu. Ich kam klopfen:

Hast du die Blumen gesehen, Rock?

– – –

Hast du eine Minute für mich, Rock? Ich muss dir was zeigen.

– – –

Rock, es ist wichtig.

– – –

Ich klopfte noch ein paarmal, bis der andere sagte, nu sei brav, Jungchen und mach kein Theater.

Ich stopfte mir Käse in die Ohren. Er war kalt und bröckelig und fiel wieder heraus. Ich zog die Schuhe an und hüpfte auf Marcs Bett herum. Der Hund sprang zu mir rauf, wir legten uns hin und schliefen zusammen ein.

Gegen Morgen weckte uns dein Gast, als er bei offener Badezimmertür wie ein Ochse pisste.

Er ist eigentlich ganz nett, sagte ich.
Er riecht nach Lastwagen, sagte der Hund.
Nicht nach Sauerkraut?
Jetzt schon.

56

Vor dem großen Familienessen heute Abend hatte ich noch Gemüsejob. Ich sortierte schrumplige Tomaten aus, die wie Altmännerhodensäcke an den Zweigen baumelten. Jede einzelne zerquetschte ich in der Faust, meine Chefin sah es, sagte aber nichts.

Abends ging ich mit zwei Hühnern und einem Netz Kartoffeln nach Hause. Ich kochte, trank Bier und rauchte ein paar Zigaretten auf dem Balkon. Unten steuerte meine Familie auf das Haus zu.

Dank einer klugen Tischordnung lief lange alles gut. Ich saß zwischen dir und meiner Mutter und deine Mutter saß vis-à-vis und lächelte mir zu. Neben ihr saß Vater. Er sprach sie auf die Zebrastreifen auf ihrem Handgelenk an und sagte, eine frühere Assistentin von ihm hatte ein ähnliches Tattoo.

Müssen Sie viel arbeiten?, fragte deine Mutter und Vater sagte, doch, es gibt gerade eine Menge zu tun.

Meine Mutter zerdrückte mit der Gabel die Kartoffel auf Benis Teller und goss Buttersauce darüber, von der ich einen ganzen Liter gemacht hatte. Ich legte dir meinen Arm um die Schulter und versuchte dich auf die Wange zu küssen. Du drehtest den Kopf weg, meine Mutter sah es, ich lachte holperig.

Alle hatten stets ein gut gefülltes Weinglas, außer Beni, dem schenkte ich Cola ein. Er selber schien auch Cola dabeizuhaben, er verschwand zweimal auf der Toilette und fing erst gegen Ende der Veranstaltung an zu stottern, als auch ich ins Stottern geriet. Jetzt sagte er:

Rock.

Wir schauten ihn an und warteten auf mehr, aber da kam nicht mehr und du sagtest:

Beni.

Wir lachten alle und Mutter versuchte Beni zu einer weiteren Kartoffel zu überreden, aber er schüttelte den Kopf, er hatte genug. Mutter bat mich, ihm noch eine zu schöpfen, und ich sagte, nein, er ist satt.

Vater holte ein paar Umschlagentwürfe aus seiner Mappe und breitete sie in der Mitte des Tisches aus. Jeder durfte einen Favoriten wählen und Mutter und ich zeigten sofort aufs gleiche Cover. Es war das mit der größten goldenen Eins drauf und dem wärmsten Rot. Deine Mutter fragte, ob es keinen Umschlag ohne die Eins gibt, es sieht ihr zu sehr nach einem Rechenbuch aus statt nach einem Roman. Daraufhin trugst du auch etwas zur Konversation bei, indem du sagtest:

Was verstehst du schon von Büchern?

Liebes, ich lese viel.

Aber hast du schon mal eins gemacht?

Ich erklärte, dass es sich bei der Eins nicht um ein mathematisches, sondern um ein philosophisches Zeichen handelt. Vater gefiel mein Argument und er notierte es sich. Deine Mutter meinte, egal, welchen Umschlag wir nehmen, sie wird so oder so eins kaufen, nein, zwei, eins für sich und eins für dich. Ihr bekommt alle eins geschenkt, sagte ich und Vater rief, sofern nicht gleich alles ausverkauft ist! Wir lachten, du auch, du fühltest dich wohl mit meiner Familie, es ging uns allen gut.

Ich sagte zu Beni, er soll noch etwas essen, und schöpfte ihm die letzten zwei Kartoffeln. Meine Mutter sah mich bewundernd an und ich legte den Arm um deine Schulter und versuchte dich zu küssen und du drehtest erneut das Gesicht weg, doch diesmal mit einer scherzhaften Grimasse. Wieder lachten wir und stießen miteinander an, Beni auch, mit beiden Händen, weil du ihm das Glas bis zum Rand gefüllt hattest. Er strahlte wie ein Weltmeister und ein großer, behaarter Bauch tauchte am Tisch auf und nuschelte:

Abend.

Die Familie schaute zwischen mir und dem Altrocker hin und her und wartete darauf, dass ich etwas sagte. Ich sagte:

H-Hallo.

Riecht jut, sagte er und kratzte sich unter dem Arm. Er war in deinem Bett vergessen worden, du schienst auch überrascht zu sein, dass er noch hier war, aber wenigstens trug er eine Unterhose.

Hunger?, fragte ich. Setz dich doch.

Stuhl?

Ich stand auf und holte den Stuhl aus meinem Zimmer. Er setzte sich ans Kopfende und ich schöpfte ihm das restliche Huhn und die zwei Kartoffeln aus Benis Teller. Ich goss Buttersauce darüber und er langte nach deinem Glas und trank einen Schluck. Ich stellte ihm ein eigenes hin und Vater fragte, was er arbeitet.

Rentner!, spritzte es aus seiner Zahnlücke und wir lachten alle, am lautesten ich.

Du legtest mir den Arm um die Schulter, zogst mich sanft zu dir und gabst mir einen Kuss. Meine Mutter sah es, deine Mutter atmete erleichtert auf und Beni klatschte in die Hände. Dem Altrocker fiel der volle Kiefer runter und er machte, wat jett, iss sie etwa dein Mädchen? Ich nickte mit heißem Gesicht und die beiden Mütter lächelten, wie nur Mütter lächeln können. Der Alte senkte betrübt den Kopf und nuschelte, wenn er das gewusst hätte, hätte er dich doch nicht gepimpert letzte Nacht, bestimmt nicht, so einer ist er nicht.

Es wurde still am Tisch. Ich schaute eine Ewigkeit auf meine Hände. Dann erhob ich mich und ging auf den Balkon. Dort blieb ich für den Rest des Abends stehen, ganz nah am Geländer, ganz allein. Keiner konnte mich überreden, wieder reinzukommen, auch Beni nicht, der fast weinte, und auch der alte Rocker nicht, der mir ein Stück Erdbeerkuchen rausstellte und den ich sehr mochte.

Ich weiß nicht, wie lange ich da stand, aber irgendwann sah ich unten meine Familie aus dem Haus kommen und zum Wagen gehen. Beni drehte sich um und schaute hoch, aber er konnte mich nicht sehen, es war dunkel und ich war hoch oben in den Sternen.

55

Eine Woche später kehrte Marc in die Wohnung zurück. Mit Tasche, Koffer und einer Katzenbox, aus der es wütend miaute. Er hatte ein paar wichtige Entscheidungen getroffen für sich und seine Großmutter, wodurch sein Kinn noch kantiger geworden war.

Ich ziehe wieder ein, sagte er.

Dein Zimmer ist noch da, sagtest du.

Was ist in der Box?, sagte ich.

Großmutters Katze steckte drin. Großmutter war ins Altersheim gezogen und hatte sie nicht mitnehmen dürfen, weshalb nun Marc sich darum kümmern musste. Er öffnete das Törchen und holte eine Nacktkatze heraus.

Igitt, sagtest du und hattest recht, sie sah sehr unappetitlich aus. Ein gehäuteter Zombie mit roten Augen. Der Hund kam angeschossen und bellte der Katze empört ins Gesicht. Sie legte den Kopf in Falten und kreischte wie eine alte Jungfer. Du gabst Marc den dringenden Rat, sie in seinem Zimmer einzuschließen, bevor sie noch totgebissen wird.

So was nehm ich sicher nicht in den Mund, sagte der Hund.

Ja, besser nicht, sagte ich, am Ende ist sie noch giftig.

Mit wem sprichst du?, sagtest du.

Mit dem Hund, wieso?

Marc ging seine Sachen auspacken. Dann kam er mich fragen, wo der Schlüssel ist.

Welcher Schlüssel?

Von meinem Vorhängeschloss.

Hab ihn nicht, log ich.

Er fand einen Ersatzschlüssel und alles war in Ordnung und Großmutters Liebling in Sicherheit. Ha, ha.

54

Vater rief an und fragte, ob ich in die Kantine kommen kann.
Es ist so weit, sagte er.
Ich traf gleichzeitig mit dem Verleger ein, der eine schwere Schachtel trug. Vater riss den Deckel auf und holte ein frisch gedrucktes Buch heraus. Stolz hielt er es in die Luft, während sein kreisender Blick die Reaktionen der umsitzenden Versicherungskollegen abtastete, die aber alle mit Essen beschäftigt waren.

Er händigte mir fünf Exemplare zur freien Verfügung aus und klappte die Schachtel wieder zu. Der Rest war für seine Werbetour durch die Buchläden bestimmt, die gleich nach dem Mittagessen starten sollte.
Und jetzt schlagt zu. Ihr seid eingeladen.
Wir nahmen Fischknusperli mit Mayonnaise. Beim Kaffee fragte ich, ob Mutter zu Hause ist und Vater lachte und sagte, geh schon.

Ich überreichte Mutter das Buch im Wohnzimmer. Sie strich über den Umschlag und roch an den Seiten.
Schreibst du mir was hinein?
Gern. Was denn?
Du bist der Schriftsteller.
Ich setzte mich an den Tisch und schrieb:

Für Mama von ihrem Lieblingssohn

Sie war nicht begeistert. Sie fragte, was das soll und ich sagte, Beni hat das gesagt. Sie glaubte mir nicht. Ich strich es durch und schrieb:

Für Mama von Tim

Du hast ein M vergessen.

Ich fügte es hinzu und Mutter fragte, ob ich für Beni auch ein Buch habe. Ich schrieb *Für Beni von Timmmmi* hinein und Mutter trug es nach oben und legte es auf sein Kopfkissen. Sie erinnerte mich daran, dass morgen Therapie ist. Sie fand, die Sitzungen taten Beni gut, und wollte wissen, worüber der Psychiater mit uns sprach.

Über Lieblingssöhne, hätte ich sagen können.

53

Ich trug die drei Bücher, die mir geblieben waren, in die Kneipe und bestellte ein großes Bier. Eine neue Aushilfe war da, sie war klein und blond und schaute mit großen Augen zu, wie ich das Glas in einem Zug leerte. Sie schnappte es sich und hüpfte damit zur Theke.

Ich klappte ein Buch auf, las den ersten Satz und bekam eine Gänsehaut. Seit ich mitten in der Deutschstunde aufgesprungen und aus dem Schulhaus gerannt bin, um an diesem Tisch mit Schreiben zu beginnen, habe ich davon geträumt, in meinem eigenen Buch zu lesen. Und nun war es so weit. Es war vollbracht.

Die kleine blonde Aushilfe stellte das neue Bier hin und schielte auf die goldene Eins. Ich sagte, sie kann eins haben.

Ne lass mal, solche Bücher les ich nicht.

Ist aber eine Liebesgeschichte.

Den Schriftsteller kenn ich auch nicht.

Doch, tust du.

Nein, tu ich nicht.

Doch, tust du.

Das weiß ich ja wohl besser als du.

Nein, tust du nicht.

Doch, tu ich.

Tust du nicht.

Das nervt, sagte sie.

Ich bin der Schriftsteller.

Was?

Der das geschrieben hat. Ich bin Timm.

Echt wahr? Dann gib mir eins.

Ich schrieb ihr eine Widmung rein und kurz darauf sah ich, wie sie das Buch zwei alten Säufern zeigte. Ihnen schenkte ich später auch noch je eins, weil sie mir zunickten, als ich von der Toilette kam. Nun hatte ich kein Buch mehr für dich, aber das war nicht weiter schlimm, ich konnte einfach in eine Buchhandlung gehen und eins kaufen. Vorher wollte ich noch ein wenig feiern und wechselte zu Whiskey Cola.

Als ich aus der Kneipe trat, war noch viel Sonne am Himmel. Ich schwitzte. Ich ging zum nächsten Buchladen und hoffte, dass der Roman schon im Schaufenster stand. Tat er aber nicht. Bestimmt fand sich ein Stapel drinnen auf dem Neuheitentisch. Auch nicht. Nur *Verbrenn mich* war hier, ein ganzer Turm, obwohl das Büchlein weniger neu war als meins.

Ich schaute in den Gestellen nach. Anschließend erkundigte mich bei einer Buchhändlerin, die an einem Stehpult mit Computer stand.

Wie lautet der Titel?

Eins.

Eins was?

Einfach eins. Wie eine Eins in Mathe.

Ein Schulbuch?

Nein, ein Roman.

Sind Sie sicher?

Ja.

Wissen Sie den Namen des Autors?

Ich nannte ihr meinen. Sie sagte, das Buch gibt's wirklich, sie kann es bestellen, wenn ich möchte. Danke, ich muss es sofort haben.

Ich suchte eine größere Buchhandlung auf. Hier gab es einen ganzen Scheiterhaufen von *Verbrenn mich*, aber null Exemplare von der *Eins*. Ich war offenbar zu früh unterwegs, musste meinen Leuten erst etwas Zeit lassen, um das Buch in Stellung zu bringen. Zu einem Mann, den ich für einen Verkäufer hielt, sagte ich, Sie können schon mal Platz im Schaufenster schaffen.

Wie bitte?

Da kommt bald was Neues rein.

Ich arbeite nicht hier.

Wo arbeiten Sie dann?

Betrunken?

Nö, Schriftsteller.

52

Das Zimmer roch nach Schinkenbrot. Die alte Pendeluhr tröpfelte vor sich hin. Der Psychiater gab mir mein Wachstuchheft zurück, während seins verbeult und geschändet auf seinem Schoß lag.

Ist mir runtergefallen, sagte ich.

Sie haben etwas hineingeschrieben.

Ich? Nein.

Er klappte das Heft auf und las es vor:

ICH BRINGE SIE UM.

Das habe nicht ich geschrieben.

Schauen Sie.

Er zeigte mir ein paar zittrige Worte.

Das ist nicht von mir, das ist von Beni. Gib's zu, Beni.

Auf wen bezieht sich das SIE?

Keine Ahnung.

Auf mich?

Nö, vermutlich auf Rock. Wir hatten gekämpft, bevor ich das Heft zu Ihnen brachte. Sie ist es gewesen, die es so zugerichtet hat, und ich wollte sie dafür bestrafen. Leider hab ich verloren.

D-du hast gegen eine Frau verloren?

So wie du dauernd gegen Mutter verlierst. Oder wieso sind wir hier, hm?

Bleiben wir noch kurz bei Ihrem Satz.

Okay, aber könnten Sie bitte die Uhr abdecken? Sie schaut mich die ganze Zeit an.

Wieso haben Sie das geschrieben?

Es hat nichts zu bedeuten.

Haben Sie Gewaltfantasien?
Nein.
Jeder Mensch hat Gewaltfantasien.
Ich nicht.
Solange man sie nicht auslebt …
I-ich schon.
Du hast Gewaltfantasien?
Ich lebe sie auch aus.
Quatsch, Beni, gib nicht so an.
Ist wahr.
Reißt du Spinnen die Beine aus?
Iiiih!
Was dann?
Sag ich nicht.
Feigling.
Sie selber möchten ja auch nicht darüber reden.
Weil ich keine habe. Mein Buch ist draußen, alles ist friedlich, mir kann nichts mehr geschehen.
E-es ist unlesbar.
Was?
Hat Mama gesagt.
Was stotterst du da für einen Blödsinn zusammen?
Ich stottere nicht.
Wieso reden wir wieder nur über mich? Du bist der Psycho, nicht ich!
I-ich bin kein Psycho. Ich kann jetzt sogar schwimmen.
Ich weiß, tut mir leid. Was machst du Gewaltiges?
Ich steck Mamas Zahnbürste wo rein.
Wo denn?
Sag ich nicht.
In den Ausguss?
N-nein.

In den Popo?
N-n-n-nein.

Den Rest der Sitzung verbrachten wir damit, dem Psychiater auszureden, dass ich dich oder ihn oder sonst wen töten könnte.

51

Die Buchvernissage fand an einem regnerischen Montagabend statt. Vater rief vorher noch an, um mich daran zu erinnern, dass ich mein bestes Hemd anziehen soll.

Denkst du, es kommen viele?, fragte ich.

Zweihundert. Vielleicht auch dreihundert.

So viele?

Man kennt mich hier.

Er hatte Flyer drucken lassen und in der Kantine aufgelegt.

Marc konnte nicht an der Vernissage teilnehmen, er war im Altersheim zum Abendessen eingeladen. Schade, dachte ich, ich hätte mich gern in seinem Neid gesonnt. Andererseits war es besser so, womöglich hätte er Theater gemacht, wenn er plötzlich Passagen aus seiner Dissertation erkannt hätte.

Er schloss sein Zimmer ab und verließ die Wohnung. Ich schloss sein Zimmer wieder auf und zog sein bestes Hemd an.

Auf dem Weg in die Kantine versuchte ich mir vorzustellen, was mich erwartete. Gedämpftes Licht und festlich gekleidete Gäste mit einem Glas Weißwein in der Hand. Mittendrin Mutter, die erzählt, wie früh sich mein Talent schon gezeigt hat. In der Luft der Geruch von Lachs und Rosen.

Ich war viel zu früh da. Außer Vater und einem verschwitzten Verleger war noch niemand zu sehen. Sie hatten sämtliche Tische an die Wand geschoben und in der Mitte eine große Konzertbestuhlung aufgestellt. Vater legte mir die Hand auf die Schulter und fragte, ob ich bereit bin für meinen großen

Auftritt. Er gab mir ein Minzbonbon für die Stimme und lobte mein Hemd. Das Licht war viel zu hell.

Mutter und Beni trafen als Erste ein. Sie setzten sich in die vorderste Reihe. Mutter hatte ein Abendkleid an und Beni eine blaue Fliege. Ich wusste, du würdest auch bald kommen, du hattest extra die Tagschicht übernommen, um abends freizuhaben für die Vernissage. Hoffentlich trugst du deine Jeans. Ich wollte dich vor allen küssen.

Vater hieß mich vorn am großen Lesetisch Platz nehmen. Ich bekam ein Mikrofon angesteckt.

Sag eins, zwei, eins zwei.

Ich sagte, hey Beni, coole Fliege.

Beni lachte und Mutter verzog das Gesicht, weil einer der Lautsprecher laut winselte. Vater ging ihn abstellen. Nachher setzte er sich links von mir hin und der Verleger setzte sich rechts von mir hin und wir warteten darauf, dass sich die Kantine füllte.

Lange passierte nichts. Dann trudelten drei ehemalige Bürokollegen von Vater ein. Sie winkten ihm zu und setzten sich in die hinterste Reihe. Das war's. Mehr Zuschauer kamen nicht. Vater schaute auf die Uhr und fragte Beni, ob er den Flyer bei sich oben aufgehängt hat und Beni schüttelte den Kopf.

Verdammt, Beni! Wieso nicht?

Mutter warf Vater einen bösen Blick zu und er stand auf, schloss den Knopf seines Jacketts und hielt eine Ansprache. Man merkte gleich, dass er es gewohnt war, vor Publikum zu reden. Er sprach ohne Mikrofon und mit fülliger Stimme, die im leeren Raum hallte. Als er sich wieder setzte, nickte er mir aufmunternd zu und ich schlug das Buch auf.

Wir hatten vereinbart, dass ich die Kapitel hundert bis fünfundneunzig lese. Ab dem neunundneunzigsten fingen Vaters Kollegen an zu tuscheln. Es brachte mich aus dem Konzept und ich begann Fehler zu machen. Vater stand auf und ging nach hinten, um für Ruhe zu sorgen. Doch statt ruhiger wurde es noch lauter, da sich Vater dazugesetzt hatte und mitdiskutierte. Später entschuldigte er sich bei mir und erklärte, die Kollegen hatten gerade erfahren, dass die Geschäftsleitung zwei Abteilungen zusammenlegte und da konnte er seine Meinung nicht zurückhalten.

Nachdem ich eine Viertelstunde gelesen hatte, ging die Tür auf und die kleine blonde Aushilfe aus der Kneipe kam herein. Sie setzte sich mit einer schweren Tasche genau hinter Mutter. Beni fing an zu niesen und Mutter gab ihm ein Taschentuch. Er schnäuzte sich, bekam Nasenbluten und Mutter musste mit ihm raus. Ich las noch die Seite zu Ende und klappte das Buch zu. Vater kam nach vorne geeilt und kündigte den Verleger an, der nun ein Gespräch mit dem Autoren führen wird. Der Verleger holte ein Kärtchen hervor und las die erste Frage ab:

Wie viel von Ihnen steckt in dem Buch?

Alles. Das ist alles von mir.

Arbeiten Sie schon an einem neuen Roman?

Nein.

Was können Sie uns darüber verraten?

Vater dankte dem Publikum fürs Erscheinen und wies auf den Büchertisch hin, auf dem sich hundert Exemplare stapelten. Dann huschte er in die Küche, um einen Karton Weißwein zu holen, den er kühl gestellt hatte. Der Wein war weg und er kehrte mit einer Flasche Apfelsaft zurück.

Die kleine blonde Aushilfe stieß mit mir an. Danach musste

sie los, um dich abzulösen. Du willst noch zu irgendeiner Veranstaltung, sagte sie und ich sagte, ja, zu dieser hier.

Oh. Ich Doofi.

Nicht schlimm.

Ich war froh, dass du die leeren Ränge nicht mitgekriegt hast. Mutter und Beni kehrten auch nicht mehr zurück.

Einer von Vaters Kollegen kaufte ein Buch. Ich schrieb meinen Namen hinein. Die Putzequipe tauchte auf. Der Verleger packte die Bücher in Kisten und die Kisten auf eine Sackkarre. Sein Gesicht tropfte. Ich fragte, ob ich das Buch behalten darf, aus dem ich vorgelesen habe und er verlangte den vollen Preis.

Ich will es meiner Freundin schenken.

Sie haben Ihre Gratisbelege bekommen.

Vater zückte die Brieftasche und kaufte es für mich.

Du hast gut gelesen, sagte er.

Findest du?

Wir stehen erst am Anfang.

50

Zu Hause gab ich dir das Buch. Du warfst es in den Mülleimer.

Wieso hatte die blonde Tusse vor mir eins?

Weil sie heute eins gekauft hat.

Lügner. Sie hat es schon länger.

Ich holte das Buch aus dem Abfall und schrieb eine lange Widmung hinein. Ich war zu müde und zu niedergeschlagen von der Lesung, um noch groß nachzudenken, ich kritzelte einfach drauflos, was mir das Herz diktierte. Wenn ich mich recht erinnere, nannte ich dich himmlische Muse, goldene Königin und die Nummer eins aller Liebenden.

Du wolltest es dir nicht ansehen. Dann last du es doch, bekamst feuchte Augen und ich bekam einen Kuss, den wunderbarsten überhaupt. Er verdampfte auf meinen Lippen in einem salzigen Zauber aus warmer Sehnsucht.

Ich bat dich, das Buch nicht herumliegen zu lassen, damit Marc die Widmung nicht liest (und vor allem den Rest nicht). Du vergrubst es in deinem Zimmer unter deinen Decken und ich zog das Hemd aus und hängte es in Marcs Schrank zurück. Dann überkam uns eine große Lust auf Spaghetti.

Es hatte noch gekochte im Kühlschrank, wir wärmten sie auf und streuten Reibkäse darüber. Wir aßen aus demselben Teller, drehten zusammen unsere Gabeln darin und Marc kam nach Hause, sagte Hallo und ging unter die Dusche. Nachher setzte er sich in einem kurzen braunen Pyjama zu uns in die Küche und sah aus wie ein zu groß geratener Pfadfinder. Du erkundigtest dich nach seiner Großmutter und er sagte, sie hat sich gut eingelebt im Altersheim, nur die Katze fehlt ihr.

Wie war die Vernissage?, fragte er.

Volles Haus, sagte ich.

Er fand, ich sehe mitgenommen aus, und ich erklärte, lange gelesen und noch länger signiert. Einer hat sogar Nasenbluten gekriegt.

Vom Zuhören?

Vom Klatschen.

Viele Frauen?, fragtest du.

Fast nur, sagte ich.

Marc wollte mein Buch sehen. Hab keins mehr, sagte ich, sind weggegangen wie warme Semmeln, musste sogar mein eigenes hergeben. Er schaute mit dem Handy im Netz nach. Es dauerte eine Weile, bis er es bei einem Onlinehändler fand.

Tatsächlich, sagte er. Da steht dein Name drauf.

Tja, jetzt bin ich offiziell ein Schriftsteller.

Noch nicht ganz, meinte er. Schriftsteller ist man erst, wenn man davon leben kann.

Und was ist man bis dahin?

Keine Ahnung. Aber ich helfe dir.

Er gab mir fünf Sterne und schrieb als Kommentar:

Die Eins ist 1a.

Das haute mich um. Am liebsten hätte ich ihn ganz doll umarmt. Ich sagte, vielen herzlichen Dank.

Was ist mit deiner Stimme?

Nichts. Heiser vom Lesen.

Wir blieben noch eine Weile in der Küche sitzen, aßen Kekse und tranken Tee, bis der Hund, der friedlich unter dem Tisch geschlafen hatte, hervorgeschossen kam und in den Korridor stürzte. Dort saß die Nacktkatze. Marc hatte seine Tür offen gelassen und sie war herausgeschlichen. Nun wurde sie mit heißem Gebrüll zurückgejagt.

Wir rannten hinterher und als wir in Marcs Zimmer ankamen, hatte der Hund die Katze in die Ecke getrieben und fletschte gefährlich nahe vor ihrem Gesicht die Zähne. Marc wollte ihn am Halsband fassen, aber er fuhr herum und schnappte nach seiner Hand. Marc schrie auf. Du versuchtest, den Hund durch gutes Zureden zur Vernunft zu bringen, aber er hörte nicht auf dich und quetschte Töne aus seiner saftenden Kehle, die nicht mehr nach Hund klangen.

So mach doch was!, flehtest du mich an.

Und was, bitte schön?

Sprich mit ihm!

Lass die blöde Katze in Ruhe, Alter.

Nein!

Riechst du's denn nicht? Sie hat ganz übel gefurzt.

Der Hund musste lachen und du konntest ihn am Halsband packen und aus dem Zimmer zerren. Marc ging ins Badezimmer und hielt die Hand unters fließende Wasser.

Zuerst gabst du dem Hund zu fressen, nachher kümmertest du dich um Marcs Hand. Ich sah euch zu. Marc meinte, gut muss er keine Dissertation mehr schreiben, er bräuchte ewig mit nur einer Hand. Er lachte und du sagtest, wenn er noch einmal seine Tür offen lässt, fliegt die Katze in hohem Bogen aus der Wohnung.

Keine Angst, sagte ich zu Marc, wir kriegen das hin. Wenn wir zwei es schaffen, friedlich unter einem Dach zu leben, dann schaffen es die andern beiden auch.

Als die Hand verarztet war, putzten wir die Zähne. Wir standen zu dritt um das kleine Waschbecken herum, schrubbten, spuckten und spülten. Ich bedankte mich nochmals bei Marc für die fünf Sterne und dann wünschten wir uns alle eine gute Nacht und gingen jeder auf sein Zimmer.

Ich lag noch eine Weile wach und hörte den Hund in deinem Bett wimmern, weil er die Katze nicht hatte fressen dürfen. Ich stellte mir vor, wie ich in einem Radiostudio sitze und ein Interview gebe. Der Moderator fragt, was haben Sie sich als Erstes gekauft, als das große Geld hereingekommen ist, und ich sage:

Ein rotes Superbike. Für einen Freund.

49

Die nächsten paar Wochen ging ich durch die Hölle. Das Buch verkaufte sich nicht. Es lag nicht daran, dass man es nicht gut fand, es lag daran, dass man es überhaupt nicht fand, weder in den Buchläden noch in den Buchbesprechungen.

Ich fand nicht statt.

Tag für Tag stand ich vor der größten Buchhandlung der Stadt und sah hilflos zu, wie die Leute tonnenweise fremde Romane heraustrugen. Ich hatte den Hund dabei und sagte zu ihm, das ist nicht auszuhalten. Er meinte, da drin ist kein Platz für dich. In den Regalen zwängen sich eine Million Bücher, da braucht es deins nicht auch noch.

Vater hatte herausgefunden, dass der Titel das Problem war. Die Buchhändler mochten sich nicht für das Buch erwärmen, weil es mit der Eins vorne drauf wie ein Sachbuch anmutet und nicht wie ein Roman.

Sie haben Mühe, dich einzuordnen, Timm.

Dem Feuilleton geht es ähnlich, sagte der Verleger. Man kann Sie in keiner Schublade unterbringen.

Wir trafen uns jeden Mittwoch zur Lagebesprechung in der Kantine. Ich aß nichts mehr und fror, obwohl nun Sommer war.

Vater hatte den Glauben an das Buch noch nicht verloren. Wir müssen einfach alle Hebel in Bewegung setzen und all unsere Möglichkeiten bis zum Letzten ausschöpfen, sagte er. Das Buch braucht einen neuen Umschlag mit viel Grün. Plus einen neuen Titel aus Buchstaben und Wörtern, wie bei den anderen Romanen auch.

Der Verleger gab zu bedenken, dass die Eins nicht nur auf dem Umschlag steht, sondern auch auf dem Deckel und im Inneren des Buches. Es reicht also nicht, nur den Umschlag auszuwechseln, man muss das ganze Buch neu drucken und die alte Auflage einstampfen. Wenn man bereit ist, die entsprechende Summe zu investieren, kann er die nötigen Schritte einleiten. Vater sagte:

Ich habe kein Geld mehr.

Er trank den letzten Tropfen aus seiner Kaffeetasse und wischte sich mit dem Handrücken über den Mund.

Ich ging auf die Toilette. Blieb lange am Pissoir stehen. Als ich zurückkam, hatte Vater einen neuen Plan geschmiedet. Der Verleger würde nochmals alle Redaktionen anrufen und er selber würde nochmals alle Buchläden abklappern, diesmal mit einer Tafel Schokolade im Gepäck.

Wir geben nicht auf, sagte er und krempelte die Ärmel hoch.

Ich ging in die Kneipe und betrank mich.

48

Wie du weißt, schaffte es Vater schließlich, das Buch in einem Laden unterzubringen. Zwar nur in einem kleinen, aber auch ein kleines Feuer kann einen Flächenbrand verursachen, wie er mir erklärte.

Der Verleger machte ebenfalls einen guten Job. Es gelang ihm, die Adresse eines Kritikers in Erfahrung zu bringen, eines pensionierten Oberschullehrers mit dickem Bauch und gönnerhaftem Grinsen. Er lud ihn zu Kaffee und Kuchen ein, las ihm den ersten Satz vor und schenkte ihm ein Buch. Das Scharwenzeln trug bald Früchte, allerdings giftige.

Ich ging mit dem Hund in den kleinen Buchladen, um ihm mein Buch zu zeigen. Wir fanden es nicht. Ich fragte die Ladenbesitzerin, sie erkundigte sich nach dem Titel und schaute dann bei den Sachbüchern nach.

Kennen Sie den Autor?

Ziemlich gut sogar.

Sie führte uns nach hinten zur Toilette, vor der ein rundes Tischchen stand. Hier lag zwischen einem Spender mit Handdesinfektionsmittel und einem Körbchen mit Kräuterbonbons mein Roman. Der Hund meinte: Auch hier, zu wenig Platz. Sonst würdest du vorne im Laden stehen.

Vorne im Laden stand eine Pyramide aus *Verbrenn mich.*

Ich ging dann jeden Tag nachschauen, ob das Buch gekauft worden war. Aber wer sollte es hier hinten entdecken, wo es quasi als Klopapier-Ersatz lagerte? Daran änderte sich auch nichts, als im städtischen *Tagblatt* eine Besprechung des dicklichen Kritikers auftauchte, mit dem der Verleger Kuchen gegessen hatte.

Der Kritiker war nicht angetan von meinem Werk. Er schrieb, der Roman ist das Papier nicht wert, auf dem er gedruckt wurde. Das ist keine Literatur, sondern eine Litanei der Stümperei. Er schien keine Ahnung von der Cut-up-Methode zu haben, wusste vermutlich gar nicht, dass so etwas existierte. Kein einziger Satz gefiel ihm, nicht einmal der erste. In meinem Kopf platzte etwas.

Ich saß in der Kneipe, als ich die Kritik las. Für einen Moment verlor ich die Orientierung und wusste nicht mehr, wo ich war. Ein Sonnenstrahl fiel auf den Tisch, ich spürte seine Wärme auf der Hand und hatte Geld für mehrere große Biere in der Tasche. Alles hätte so friedlich sein können, wenn der alte Fettwanst nicht diesen Kotz ins *Tagblatt* gesetzt hätte.

Ich las es ein zweites Mal. Weshalb schrieb er so böses Zeug über mich? Er war frustriert, deshalb. Er wäre gern selber Schriftsteller geworden, hat aber kein Buch geschafft. Wieso konnte er sich sein Scheitern nicht eingestehen und wie die anderen Rentner fröhlich durch Berge und Museen wandern? Fühlte er sich nun besser? Kriegte er ihn jetzt wieder hoch?

Ich bekam eine wahnsinnige Angst und mein Herz schlug wie eine Faust gegen die Rippen. Ich zerriss den Verriss und jemand sagte, kritikfähig ist er auch nicht. Ich schaute mich um. Da war niemand.

Ich irrte durch die Stadt, sammelte so viele *Tagblätter* wie möglich ein und warf sie in die Tonne. Das ist unreif, sagte die Stimme. Ein richtiger Schriftsteller hält so ein Urteil aus, aber Sie sind halt keiner.

Am nächsten Tag war der Kritiker immer noch da. Ich hatte Brotjob, packte Semmeln und Schrippen in Tüten und er sagte, ich bin zu langsam. Ich bin das Geld nicht wert, das ich hier verdiene. Er sagte:

Sie haben Ihr Leben verwirkt.

Aber ich bin doch noch jung.

Kann man wohl sagen, sagte ein Kunde.

In der Mittagspause ging ich nachschauen, ob mein Buch noch da war. Der Kritiker lachte, dass ich seinen Bauch hüpfen hörte. Das Herz schlug mir bis in den Hals.

Ich redete gegen alles, das er kritisierte, an. Ich rechtfertigte mich die ganze Zeit, was sehr anstrengend war. Es kehrte nur Ruhe ein, wenn ich trank. Der Kritiker vertrug keinen Alkohol, verkroch sich nach hinten und schlief seinen Rausch aus.

Das ist nicht gesund, sagte der Hund, als ich zu Hause am Küchentisch Schnaps in mein Bier leerte. Du musst den Kerl loswerden.

Aber wie?

Verpetz ihn beim Psychiater.

Ich hatte eine bessere Idee. Ich fragte den Verleger nach der Adresse. Bestimmt half es, wenn ich ihn außerhalb meines Kopfes aufsuchte und mit ihm redete. Wenn ich ihm die Cut-up-Technik erklärte und ihm notfalls den Bauch aufschlitzte. Der Verleger wollte mir die Adresse nicht geben. Er traute meinen Augen nicht.

Nachts konnte ich nicht schlafen. Der Kritiker ging nochmals alle Aufsätze vom Gymnasium mit mir durch, auch die fremdsprachigen.

Wie konnten Sie mit diesen Noten auf die Idee kommen, Schriftsteller zu werden?

Jeder kann Schriftsteller werden.

Sie offenbar nicht.

Ich bringe Sie um.

Wie wollen Sie das bewerkstelligen? Indem Sie sich in den Kopf schießen?

47

Sie sehen schlecht aus.
Mir geht es super.
Abgekämpft sehen Sie aus.
Quatsch.
Doch, Timi, du siehst komisch aus.
Ich hab nur zu wenig geschlafen.
Sie wirken gehetzt.
Wenn alle etwas von mir wollen.
Wer, alle?
Buchhändler, Journalisten, Leserinnen.
Also sind Sie auf großer Lesetour?
Es läuft super.
Papa sagt, nein.
Papa hat keine Ahnung.
Ich habe die Rezension im *Tagblatt* gelesen.
Hat Sie sicher gefreut.
Es hat mir leidgetan für Sie.
Mir nicht.
W-was hat die Zeitung geschrieben?
Nichts Schlimmes. Gehört zum Spiel. Verriss in der Zeitung und Liebe im Buchladen, so werden Bestseller gemacht.
Ist das so?
Mein Verleger ist ein Fuchs. Er wollte sogar eine neue Auflage drucken, unter einem anderen Titel, damit die Leute das Buch doppelt kaufen.
Können wir noch kurz beim Kritiker bleiben?
Wieso? Kennen Sie ihn?
Hat Sie sein Votum getroffen?

Nein.
Was fühlten Sie, als Sie es lasen?
Nichts.
Hier wäre ein guter Ort, um darüber zu reden.
Es gibt nichts zu reden.
Mama sagt, du frisst immer alles in dich rein.
Stimmt nicht, ich esse gar nichts mehr.
Was würden Sie zum Kritiker sagen, wenn er hier säße?
Dass ich ihn aus dem Kopf schießen möchte.
Timi?
Gäbe es noch eine andere Möglichkeit, als mit Gewalt zu reagieren?
Ich reagiere nicht mit Gewalt.
Sie haben Gewaltfantasien.
Nö, das ist Beni. Wie geht's Mutters Zahnbürste?
Sie dürfen Kritik nicht persönlich nehmen.
Ich darf alles.
Versuchen Sie, etwas daraus zu lernen.
Aus dem Verriss? Was denn? Dass ich das Buch einstampfen sollte?
Mama sagt, du hörst nie auf andere.
Das stimmt, und zum Glück hab ich nie auf Mama gehört, sonst wäre ich heute kein Schriftsteller, mit dem sie in der Nachbarschaft angeben kann.
Dort mag niemand dein Buch.
Quatsch.
Ist wahr, Timi.
Klar, weil das alles Neider sind, die keine Ahnung von Literatur haben. Man sollte eine Schere nehmen und Cut-up mit ihnen machen. Mit dem Kritiker auch, sein Grinsen aus dem Gesicht schneiden und …
Timi!

Ihr Bruder hat recht. Mäßigen Sie sich.

Wieso? Lassen Sie mich sonst einweisen? Darf Beni dann mitkommen? Teilen wir uns eine Gummizelle, Beni?

D-du bist aggro.

Nö, alles nur Spaß. Die Gedanken sind frei. Heute schon was ins Stinkloch gesteckt?

Ich habe hier etwas für Sie. Lösen Sie das zu Hause in einem Glas Wasser auf und trinken Sie es.

Ist das Benis Koks?

Es hilft Ihnen, runterzukommen.

Ich bin schon unten. Tiefer geht's nicht.

Sie stehen unter großer Anspannung.

Hören Sie doch mal auf, mich dauernd zu bewerten! Sie sind ja wie der Kritiker! Haben Sie sich mit ihm verbündet?

Sie brauchen dringend Schlaf.

Hört mir hier überhaupt jemand zu?

Wieso werden Sie laut?

Ich werde nicht laut.

Doch, Timi, du bist laut.

Haben Sie manchmal das Gefühl, übergangen zu werden?

Wie kommen Sie darauf?

Anders gefragt: Wenn man Ihr Buch nicht liest, fühlt sich das so an, als würde man Sie nicht wahrnehmen?

Keine Angst, Herr Doktor, man wird mich wahrnehmen. Schon sehr bald.

Was haben Sie vor?

W-willst du dir etwas antun?

Mir nicht.

Machen Sie keine Dummheit.

Nein, keine Dummheit.

Die Zeit ist um.

Ja, sie ist um.

K-kommst du mit nach Hause?
Ich wohne nicht mehr zu Hause.
Und zum Essen?
Auch nicht, Beni.
D-doch, Timi, bitte.
Nein, Beni.
Bitte!

46

Mein Buch wurde immer noch nicht gekauft. Es lag weiterhin in der kleinen Buchhandlung auf dem Tisch vor dem Klo und der Kritiker sagte, ich mache mich lächerlich mit meinen täglichen Besuchen. Er kam trotzdem jedes Mal mit.

Er begleitete mich auch sonst überallhin und fing an, andere gegen mich aufzuhetzen, die Säufer in der Kneipe und wildfremde Leute im Bus und auf der Straße. Er schaffte es, dass man mich schief ansah oder sich enttäuscht von mir abwandte.

Ich ging allen aus dem Weg. Nur dir nicht, dir erzählte ich vom bösen Wirken des Kritikers und du sagtest:

Das nennt man Paranoia, Kind.

Ich weiß, Königin.

Siehst richtig fertig aus.

Nicht so fertig wie der andere aussehen wird, sobald ich seine Adresse habe.

Komm mal her.

Du nahmst mich in die Arme und hieltest mich fest. Ich spürte, wie ich wieder gesund wurde – ein bisschen gesund zumindest.

45

Zum ersten großen Unglück kam es wegen Marcs Professor. Er winkte die Dissertation durch und Marc glaubte, uns deswegen zum Essen einladen zu müssen, dich, Großmutter und mich. Ich hatte keine Lust auf einen fröhlichen Abend und ging nur mit, um auf dich aufzupassen. Seit Marcs Rückkehr hattest du nichts mehr mit ihm gehabt, aber sein akademischer Grad schien dir nun zu imponieren.

Ich habe da so ein Stechen, Herr Doktor.

Dir ist schon klar, dass er kein Arzt ist?

Und auch noch kein Doktor, sagte er. Seine Arbeit muss erst durch den Plagiatcheck, wo geprüft wird, ob er nichts abgeschrieben hat.

Keine Angst, aufzufliegen?, fragte ich.

Witzbold. Kommt, gehen wir.

Unten auf der Straße hängtest du dich bei ihm ein. Ihr saht wie ein Paar aus, sodass bei mir eine Sicherung durchbrannte und ich in die Wohnung zurücklief, um mich mit Rasierwasser einzureiben. Meine Augen leuchteten im Spiegel in einem hohen gelben Ton, der mir Angst machte.

Der Hund kam ins Bad und schaute mich traurig an.

Was hast du?

Sie lacht mich aus.

Die Katze?

Sie spricht hinter meinem Rücken schlecht über mich.

Wirst du jetzt auch paranoid?

Nein.

Das sind alles nur Hirngespinste, Alter. Stell sie zur Rede, dann klärt sich das auf.

Wie soll ich mit ihr reden?

Du weißt doch, wo sie wohnt.

Sie lässt mich nicht rein.

Komm.

Ich holte den Schlüssel aus dem Versteck, sperrte das Vorhängeschloss auf und ließ den Hund in Marcs Zimmer. Ich schloss wieder ab, versorgte den Schlüssel, lauschte. Es war still und ich erfuhr diesen kurzen, hellen Moment, wo man noch alles rückgängig machen und das Unheil abwenden könnte. Ich sah den kleinen See, wie er in der Sonne glitzerte und ich spürte sein warmes Wasser, das mich wohlig umarmte wie eine Mutter ihr Kind. Dann verließ ich die Wohnung.

44

Das Restaurant war ein Fischrestaurant mit weißen Tischtüchern und Silberbesteck. Großmutter saß bereits da. Sie war eine vornehme Dame, die eine schmale Augenbraue hochzog, weil ich nicht passend angezogen war für ein Restaurant dieser Kategorie. Trotzdem musste ich neben ihr Platz nehmen, da du neben Marc sitzen wolltest.

Der Kellner kam die Bestellung aufnehmen. Großmutter legte uns die gedünstete Forelle ans Herz, die Spezialität des Hauses, aber ich wollte Schnitzel mit Pommes. Zu trinken gab es Weißwein, was gut war, denn er war schön kühl und ich hatte Durst.

Großmutter gratulierte Marc zur Annahme seiner Promotionsschrift. Sie fragte, was sein Doktorvater dazu gesagt hat. Marc reckte wichtig sein Kinn:

Ich soll ein Sachbuch daraus machen.

Oh! Wie erfreulich.

Ich habe einen Roman gemacht, sagte ich, aber Großmutter überhörte es.

Marc wollte wissen, ob mein Verlag auch Sachbücher herausgibt und ich sagte, nö, nur richtige Bücher. Großmutter zog wieder die Augenbraue hoch. Sie nahm mir den Schriftsteller nicht ab, obwohl ich wie einer trank. Als die Forellen und das Schnitzel kamen, war ich blau. Du bestelltest einen großen Eistee für mich.

Während des Essens war ich der Einzige, der sprach. Ich sagte komplizierte Sätze auf und zitierte ein paar klassische Autoren aus dem Gymnasium. Ich sagte zu Marc, falls mein Agent anruft, soll er bitte nicht rangehen, ich brauche heute Abend meine Ruhe.

Großmutter tupfte sich mit der Serviettenspitze die Mundwinkel trocken und erkundigte sich nach ihrem kleinen Liebling.

Kizzy geht es gut, sagte Marc.

Wer ist Kizzy?, sagtest du.

Die Katze, sagte Marc.

Wie nennt ihr sie denn?, sagte Großmutter.

Katze, sagtest du.

Wie lieblos, fand Großmutter.

Wieso lieblos? Den Hund nennen wir auch Hund.

Es gibt einen Hund?

Rock macht nur Spaß, lachte Marc. Kizzy fühlt sich pudelwohl bei uns.

Ich vermisse sie, sagte Großmutter.

Ich brauche mehr Ketchup, sagte ich.

Großmutter wartete, bis der Kellner die Teller abgeräumt hatte, dann griff sie nach deiner Hand und sagte:

Sie haben großes Glück, meine Liebe.

Klar doch. Wieso?

Es gibt keine bessere Partie als ihn.

Sicher doch. Als wen?

Na, meinen Enkel.

Es wurde still am Tisch. Der Kopf des Enkels wurde rot wie der Ketchupfleck, den ich auf das Tischtuch gemacht hatte. Während er irgendeine Erklärung stammelte, bückte ich mich nach Großmutters Serviette, die ihr vom Schoß gerutscht war. Als ich mich wieder aufrichtete, wurde mir schwindlig.

Ich wankte auf die Toilette und spritzte mir Wasser ins Gesicht. Auf dem Rückweg entdeckte ich an der Wand einen gerahmten Zeitungsartikel, worin die gedünstete Forelle gelobt wurde. Sie war dem dicklichen Kritiker, der auf dem Bild beim Essen zu sehen war, fünf Sterne wert. Es war derselbe Kritiker, der meinem Roman keinen einzigen Stern gegönnt hatte. Anscheinend konnte er nicht nur kritisch lesen, sondern auch kritisch fressen. Er grinste mich mit speckigen Lippen an.

Zurück am Tisch erzählte ich Großmutter, dass der Experte, der über ihr Lieblingsgericht geschrieben hat, auch über meinen Roman geschrieben hat. Sie wusste mit der Information nichts anzufangen und ich fragte:

Kennen Sie ihn?

Sollte ich?

Ihr Ton klang gereizt. Als wollte sie, dass ich nicht weiterfrage. Wahrscheinlich war sie wirklich mit ihm befreundet. Aber wieso konnte sie das nicht zugeben? Plötzlich wurde mir klar, dass wir nicht zufällig in diesem Restaurant hockten. Das Ganze war vom Kritiker eingefädelt worden. Er hatte Großmutter gebeten, zu beobachten, wie ich mich aufführe. Sie sollte ihm nachher Meldung erstatten, damit er mich ein zweites Mal in die Pfanne hauen konnte. Schon hörte ich Großmutter mit ihm tuscheln:

Bestellt Schnitzel in einem Fischrestaurant.

Schnitzel!

Will ein großer Literat sein.

Literat!

Ich drückte ein weiteres Glas Weißwein hinunter und schüttelte den Kopf, damit die Stimmen verschwanden. Ich konzentrierte mich auf Marcs Stimme, der über seine Zukunft redete.

Er hatte sich bei einer Unternehmensberatung als Consultant beworben und war in die engere Auswahl gekommen.

Du willst Konsul werden?, sagte ich, worauf er sich nicht entblödete, mir den Unterschied zwischen einem Konsul und einem Consultant zu erklären. Ich fragte, was sein Doktorvater von seinen Zukunftsplänen hält. Bevor er antworten konnte, fragte ich dich:

Ist dein Vater auch Doktor?

Du nahmst mir das Glas weg, aber es war zu spät, ich hatte schon zu viel Fahrt aufgenommen.

Oder gar ein Dr. Konsul?

Er ist Chirurg, sagtest du. Pianist und Chirurg.

Wie schön!, freute sich Großmutter.

Ja, er hat wunderschöne Hände. Die schönsten Hände der Welt.

Ich auch, sagte ich und streckte meine Hände in die Luft, damit jeder sie bewundern konnte. Du tratest unter dem Tisch nach meinem Schienbein und trafst Großmutter, der wieder die Serviette vom Schoß fiel. Diesmal wollte sie sich selber danach bücken. Marc sprang auf, langte über den Tisch und konnte sie gerade noch am Oberarm fassen, bevor sie vom Stuhl kippte.

Ich bin müde, sagte sie.

Wir sind alle müde, sagte er.

Ich nicht, sagte ich.

43

Marc brachte Großmutter ins Altersheim und du brachtest mich nach Hause. Den ganzen Weg über schimpftest du mit mir, schubstest mich und hautest mir auf die Schulter. Ich strauchelte, fiel um, du halfst mir wieder auf die Beine, zogst mich an dich, rochst an mir, stießt mich wieder weg und rochst erneut. Ich spürte die Hitze deiner Verzweiflung, du boxtest mich in die Seite, es tat nicht weh.

Zu Hause stelltest du mich ans Waschbecken, ich musste mir die Zähne putzen, anschließend brachtest du mich ins Bett. Ich war glücklich wie ein Kind, fühlte Sonne und Geborgenheit, du setztest dich auf den Bettrand, nahmst meine Hand in deine und fragtest, was bloß los ist mit mir.

Ich werde nicht gelesen, sagte ich.

Lass der Welt doch ein wenig Zeit.

Ich bin allen egal. Ich versinke und alle schauen zu, aber keiner streckt mir die Hand hin und kauft ein Buch.

Weil du die Hand eh wegschlagen würdest.

Deine schlage ich nicht weg, sagte ich und hielt sie noch etwas fester.

Marc kam nach Hause. Wir hörten, wie er die Schuhe auszog, in die Pantoffeln schlüpfte und zu seinem Zimmer ging. Er öffnete das Vorhängeschloss, stieß die Tür auf und rief:

Rock! Um Himmels willen! Rock!

Du sprangst auf und ranntest aus meinem Zimmer.

Ich blieb liegen.

Die Katze.

Hatte ich vollkommen vergessen.

Ich zog die Decke über den Kopf und sah Großmutter die Augenbrauen bis über die Stirn hochziehen und mich anschreien:

Mörder! Mörder!

Timm! Timm!, schrie Marc neben meinem Bett.

Er riss die Decke weg und zog mich in sein Zimmer. Ich sträubte mich. Ich wollte die Sauerei nicht sehen. Aber da war keine Sauerei. Da war alles sauber. Die Katze saß auf dem Fensterbrett und leckte sich die Pfote. Der Hund lag auf dem Boden und war tot. Du kauertest neben ihm, hattest seinen Kopf auf dem Schoß und streicheltest ihn.

Ich ging in die Küche, füllte einen Eimer mit kaltem Wasser und wollte ihn über dem armen Tier ausleeren. Marc sagte, das macht ihn auch nicht wieder lebendig. Da fing ich an zu weinen. Du auch. Du küsstest den Kopf des Hundes und ich versuchte, deinen Kopf zu küssen, und du stießt mich weg und Marc schickte mich ins Bett zurück.

Ich ging nochmals in die Küche, schüttete das Schlafmittel des Psychiaters in ein Glas und füllte es mit Bier auf. Ich trank es aus, ging in mein Zimmer und legte mich steif auf den Boden. Ich wartete darauf, dass ich einschlief und nie wieder aufwachte.

Marc telefonierte. Wenig später holten sie den Hund. Du wolltest sie nicht gehen lassen, ich hörte, wie du sie anflehtest und mit den Fäusten auf sie einhämmertest. Nachher kamt ihr in mein Zimmer und Marc sagte:

Wie hast du das gemacht?

Ich habe nichts gemacht.

Wo hast du den Schlüssel?

Er fing an, meine Kleider zu durchsuchen, und ich bekam eine Scheißangst. Dass der Hund tot war, war schlimm genug, da wollte ich nicht auch noch schuld daran sein.

Ich stand vom Boden auf und sagte zu Marc, er soll aufhören. Zu dir sagte ich, das ist nur ein Ablenkungsmanöver. Der ganze Abend ist ein Ablenkungsmanöver. Dass Marc seine Großmutter ins Altersheim gesteckt hat, gehört ebenfalls dazu. Die Frau ist topfit, wieso musste sie da aus ihrer Wohnung raus? Damit Marc die Katze bei uns einschleusen konnte, damit sie den Hund mit ihren giftigen Krallen tötet. Weil Marc den Hund hasst, weil er ihn immer gebissen hat.

Marc stand da und schüttelte ungläubig den Kopf. Du bist doch vorhin nochmals umgekehrt!, rief er, aber ich ging nicht darauf ein. Ich sagte, er konnte den Hund nicht leiden und der Hund ihn auch nicht. Aber mich mochte der Hund, wir waren Freunde, weshalb sollte ich einen Freund töten wollen? Marc ist der mit dem Motiv, nicht ich. Du sagtest:

Marc?

Marc holte tief Luft, verschluckte sich und fing an zu husten. Du ließt ihn stehen und gingst in die Küche. Ich folgte dir. Du stelltest alle Kerzen, die du finden konntest, auf den Tisch und ich half dir, sie anzuzünden.

Hast du wirklich nichts damit zu tun, Timm?

Doch, es ist meine Schuld. Aber ich wollte nicht, dass der Hund stirbt. Ich wollte nicht mal, dass die Katze stirbt. Ich weiß nicht, was ich wollte. Hätte ich sagen sollen. Dann hättest du mich aus der Wohnung gejagt und der ganze Rest wäre dir erspart geblieben. Aber ich sagte nichts dergleichen. Ich sagte, Marc hat vermutlich nicht aufgepasst und der Hund konnte sich reinschleichen.

Wir hörten, wie Marc mein Zimmer auf den Kopf stellte. Ich wäre gern hingegangen, um nachzusehen, wie nahe er dem Versteck schon war, aber das hätte ihm nur weiter Auftrieb gegeben. Plötzlich gab er auf und verließ die Wohnung. Die Tür fiel ins Schloss und es hörte sich an wie ein Schuldeingeständnis.

Ich ging auf den Balkon und rauchte eine halbe Zigarette. Ich hasste mich so abgrundtief, dass ich mich am liebsten in den Abgrund gestürzt hätte. Leider fehlte mir der Mut. Ich sprach mit dem Hund in den Sternen. Ich sagte, gut hat er die Katze nicht in Stücke gebissen, so bleibt er uns als lieber Kerl in Erinnerung. Der einzige Böse hier bin ich. Aber ich werde es wiedergutmachen, versprochen. Ich sagte:

Es tut mir leid, Hund. Bello. Samson. Es tut sehr weh.

Er antwortete nicht. Das tat noch mehr weh.

Gegen Morgen kam Marc zurück. Er setzte sich an den Küchentisch und schaute mit uns in die Flammen der zerfließenden Kerzen. Nach einer Weile sagte er:

Er muss reingeschlüpft sein, kurz bevor ich abschloss. Aber es war keine Absicht, Rock, das musst du mir glauben.

Es war das Herz, sagtest du. Er war alt und müde.

Es war die Katze, sagte ich.

Die Katze kann nichts dafür, sagte Marc.

Sie muss dafür büßen, sagte ich.

Wehe, sagte Marc.

42

Mein schlechtes Gewissen zerriss mich fast, ich musste zum Arzt. Ich sagte, ich fühl mich ganz elend, es ist alles kaputt da drin. Er leuchtete mir in den Hals, klopfte mein Herz ab und meinte, alles bestens.

Aber es ist wie damals.

Was war damals?

Als ich meinen kleinen Bruder nicht retten konnte.

Darf ich Ihnen die Nummer eines Psychiaters geben?

Ich hab doch schon den von meinem Bruder.

Wie ist er gestorben?

Gar nicht. Der Hund ist gestorben.

Es ging nicht anders, ich musste es dir sagen. Sobald sich eine günstige Gelegenheit bot. Bis dahin schlich ich bedrückt durch die Wohnung. Marc schlich ebenfalls bedrückt durch die Wohnung. Du redetest nicht mehr mit uns und hülltest dich in deine Decken und in deine Trauer. Alle waren wir traurig. Der Hund hatte einen großen, kalten Stein in unserem Bauch vergraben.

Ich ging in die kleine Buchhandlung und fragte die Buchhändlerin nach einem Ratgeber für Leute, die ein Geständnis ablegen wollen.

Sie meinen, vor Gericht?

Nö, vor meiner Freundin.

Sind Sie fremdgegangen?

Nö, sie ist es, die dauernd fremdgeht. Ich habe nur ihren Hund gekillt.

Also suchen Sie etwas über Beziehungsprobleme?

Darf ich auf die Toilette?

Sie wissen ja, wo sie ist.

Jemand hatte den Spender mit dem Handdesinfektionsmittel auf mein Buch gestellt. Jetzt war ein glitschiger Ring auf dem Umschlag.

Beim Verlassen des Ladens stieß ich an die Pyramide aus den *Verbrenn-mich*-Büchern. Ein Teil stürzte ein und ich wollte der Buchhändlerin beim Wiederaufbau helfen, aber sie meinte, gehen Sie ruhig.

Kein Platz für dich, sagte der Hund.

Beim nächsten Kantinenmeeting war ich nicht der einzige Verzweifelte. Vater sah aus, als hätte man ihn ein zweites Mal entlassen. Alles an ihm hing runter, das Hemd, der Kittel, der Mund, alles.

Wir dürfen uns nichts vormachen, sagte er. Das Buch ist ein Fiasko. Was soll nun aus dir werden?

Ich bin schon etwas. Ich bin Schriftsteller.

Timm. Du hast kein einziges Buch verkauft.

Und wenn er ein zweites schreiben würde?, sagte der Verleger, worauf Vater rief:

Aber das bringt doch nichts!

Ich stand auf und ging.

Timm, warte!

Hinter mir schepperte es. Papa war aufgesprungen und mit einem vollen Tablett zusammengestoßen. Er kniete sich nieder und half Scherben und Erbsen auflesen.

Die Verwüstung in mir tobte jetzt erst recht. Ein heißes Fieber brach aus und ich ging in die Kneipe, um es zu löschen. Doch je mehr ich trank, desto mehr kochte mein Blut.

Ich fragte die kleine blonde Aushilfe, ob sie mein Buch gelesen hat. Nein. Wieso nicht? Das war doch ein Geschenk und einem geschenkten Gaul haut man nicht aufs Maul. Sie wollte mir einen Kaffee ausgeben, aber ich wollte Whiskey Cola. Sie sagte, zuerst trinkst du einen starken Kaffee.

Zigarette bitte.

Ich rauche nicht.

Ich ging zum nächsten Kiosk. Dann streifte ich paffend durchs Quartier. Schließlich stolperte ich wieder in den kleinen Buchladen und fragte die Buchhändlerin, wieso es in ihrem Geschäft keinen Platz für mich gibt.

Ich will auch so eine Pyramide.

Das geht nicht.

Wieso nicht?

Man kennt Sie nicht.

Aber ich bin auch jemand. Darf ich nochmals aufs Klo?

Ich nahm ein *Verbrenn mich* mit. Ich schloss die Kabine ab, ließ die Hose runter und setzte mich auf die Schüssel. Der Plan war, mir mit den Buchseiten den Arsch abzuwischen, aber es ging nicht. Ich drückte wie ein Esel, rauchte sogar eine Zigarette dazu, aber meine Verdauung spielte nicht mit. Ich fächerte das Büchlein auf und zündete ein paar Ecken an. Es knisterte lustig und plötzlich brannte es lichterloh. Ich ließ es fallen, eine Stichflamme schoss neben meiner Hose hoch und ich geriet in Panik. Ich riss die Tür auf und kickte das Buch aus der Kabine. Es schlitterte über den Teppich und blieb unter dem Tischchen mit meinem Roman liegen.

Feuer!, schrie ich, während ich die Hose hochzog und die Spülung drückte. Der Teppich unter dem Tischchen rauchte, ein Schwelbrand breitete sich aus und hinterließ eine kreisförmige Glatze, die rasch wuchs.

Die Buchhändlerin kam mit einem großen Feuerlöscher herangestürmt. Sie versuchte, ihn in Gang zu setzen, brachte aber die Verschlusskappe nicht ab. Zu zweit schafften wir es und dann spritzte sie ungestüm drauflos, schäumte Tisch, Teppich, unsere Beine und zwei Büchergestelle ein. Als die Flasche leer war, sah es nach Weihnachten aus mit dem weißen Schaum überall, aber es stank zum Himmel.

Die Buchhändlerin stellte die Flasche ab und ging telefonieren. Die Polizei kam. Auf dem Revier erzählte ich dann vom Hund. Dass ich ihn zur Katze ins Zimmer gelassen hatte und drum schuld an seinem Tod war. Man steckte mich in die Ausnüchterungszelle.

Als ich wieder rausdurfte, war es Abend. Ein warmer Wind blies und ich ging in die Kneipe und bestellte einen großen Eistee bei dir.

Rock, ich muss dir was sagen.

Ja, ich dir auch.

Darf ich zuerst?

41

Du hast dich zu mir an den Tisch gesetzt und ich habe gesagt, dass ich etwas Schlimmes getan habe. Dass ich eine Buchhandlung angezündet habe und im Gefängnis gelandet bin.

Ich habe es für den Hund getan, sagte ich. Weil er sich gewünscht hat, dass ich mehr Platz im Laden bekomme.

Du legtest deine Hand auf meine und sagtest, sein Tod hat uns alle durcheinandergebracht. Du hast auch etwas getan. Du hast eine Entscheidung getroffen.

Was für eine Entscheidung?

Vorne wollte jemand zahlen. Du drücktest meine Hand und standest auf. Du erzählst es mir später in aller Ruhe.

Ich sah dir nach. Am Nebentisch sah dir auch einer nach. Ein Kerl mit einer blauen Brille. Er drehte sich zu mir und sagte:

Ist das wahr? Du hast einen Buchladen angezündet?

Er lachte und setzte sich mit seinem Bier zu mir rüber. Er sagte, er steht auf verrückte Geschichten, ich soll doch mal erzählen. Ich mochte nicht. Aber dann schaute er mich mit seiner blauen Brille lange an und sagte väterlich:

Komm. Lass es raus.

Da ließ ich es raus.

Ich erzählte, wie ich das Gymnasium nicht packte und zu schreiben begann. Wie mir Vater mit dem Verlag geholfen hat und wie mich jetzt niemand las. Ich erzählte vom bösen Kritiker, von der kleinen Buchhandlung und vom armen Beni. Es war wie in einer Therapiesitzung, nur dass ich mich bei der blauen Brille viel wohler fühlte als beim Psychiater. Blaubrille nahm mich ernst, machte sich viel mehr Notizen als der andere und stellte die besseren Fragen:

Worauf wartest du?

Ich weiß nicht. Auf etwas Großes.

Wie lange schon?

Seit ich diesen Kugelschreiber gewonnen habe.

Ich holte ihn hervor und sagte, damals haben auch die Interviews angefangen.

Was für Interviews?

Eine Art Selbstgespräche.

Wow.

Er bündelte seine Notizblätter und winkte zum Zahlen. Ich lud ihn ein, weil er dafür gesorgt hatte, dass ich mich besser fühlte. Dann ging ich auch bald. Ich war wie leergesaugt und wollte nur noch schlafen. Leider wartete Marc mit einer Neuigkeit auf mich.

40

Marc saß in der Küche und las ein Manager-Magazin. Auf seinem Schoß hockte die Nacktkatze und las mit. Als ich eintrat, sagte er, Hallo Timm und klappte das Heft zu. Er sah zu, wie ich ein Gurkenglas aus dem Schrank holte. Er fragte, ob du mit mir geredet hast. Ich versuchte das Gurkenglas zu öffnen, schaffte es nicht und stellte es wieder zurück. Er beobachtete mich weiter.

Du weißt es noch nicht, oder?

Was denn? Dass du den Job gekriegt hast und ausziehst?

Den Job hatte er tatsächlich gekriegt, doch darum ging es nicht. Er stellte die Katze auf den Boden, aber sie sprang sogleich wieder in den sicheren Schoß zurück und starrte mich an.

Ich weiß nicht, wie ich es dir sagen soll, Timm.

Dann lass es bleiben.

Wir werden heiraten.

Was?

Rock und ich werden heiraten.

Sicher nicht.

Doch, Timm.

Niemals.

Ich ließ mich auf einen Stuhl sinken. Marc und die Katze schauten mir zu. Marc mitfühlend und die Katze mit einem Ätsch im Gesicht. Marc meinte, der Tod des Hundes hat dir bewusst gemacht, dass dir etwas fehlt im Leben.

Rock will ein Kind.

Wieso, ich bin doch das Kind.

Sie will eine Familie.

Wir sind doch schon eine Familie.

Versuch es zu akzeptieren, Timm. Dann können wir alle Freunde bleiben.

Er ist nicht mein Freund, sagte ich, er hat dich manipuliert. Rock kann man nicht manipulieren, sagte er. Oh doch, jetzt schon, sagte ich. Du stehst immer noch unter Schock wegen dem Hund, aber ich werde dich heilen, und zwar mit einem Gegenschock. Ich werde dir sagen, was mit dem Hund wirklich geschehen ist, die ganze, entsetzliche Wahrheit. Dann wirst du platzen vor Wut und wieder zur Besinnung kommen.

Marcs Handy ging an. Es war Vater. Er entschuldigte sich für den späten Anruf, aber die Buchhändlerin hat ihm geschrieben. Sie muss den Laden schließen und komplett reinigen lassen wegen der Rußpartikel.

Was hast du getan, Timm?

Nichts.

Das ganze Haus hätte abbrennen können!

Ich bin fast gestorben.

Was?

Ich sagte, ich war auf der Intensivstation. Mit einer Lunge voll giftiger Luft. Lag da ganz allein in einem dunklen Zimmer. Jetzt bin ich wieder draußen, bekomme aber immer noch keine Luft. Ich kämpfe ums Überleben.

Ist das wahr? Du warst im Spital?

Nein. Aber der Rest stimmt.

Mensch, Timi!

Er war erleichtert, dass ich kein Gift in der Lunge hatte. Und wegen der Kosten brauche ich mir keine Sorgen zu machen, sagte er, ich bin gut versichert, er hat all seine Söhne gut versichert.

Wie geht es Beni?, fragte ich.
Er hat ein Drogenproblem, sagte Vater.
Ich weiß.
Bin ich der Einzige, der es nicht wusste?
Kann sein, Papa. Ich hab dich lieb.

Marc fragte, in welchem Laden ich Feuer gelegt habe und wie.

So, sagte ich und ließ das Feuerzeug vor der Nase der Katze aufflammen. Sie schnellte über den Tisch und floh aus der Küche.

Wann kommt Rock endlich?

Gibst du mir das Feuerzeug?

39

Als du nach Hause kamst, warfst du Marc einen Blick zu und er nickte. Du setztest dich neben mich und sagtest:

Wie fühlst du dich?

Gut, ich will beichten.

Ich erzählte von jenem Abend, als ich den Hund in Marcs Zimmer gelassen hatte. Ich redete mir alles von der Seele und hinterher verspürte ich sogar so etwas wie Hunger. Du hörtest mir geduldig zu, dann standest du auf und ich auch. Ich schloss die Augen und war auf alles gefasst. Aber du nahmst mich in die Arme und drücktest mich an dich. Du hast mir kein Wort geglaubt. Ich löste mich aus der Umarmung und sagte, die Geschichte ist wahr, ihr könnt ja die Katze fragen.

Die Tür war verriegelt, sagte Marc.

Ich habe einen Schlüssel.

Eben nicht.

Ich ging in mein Zimmer, um ihn zu holen, konnte ihn aber nicht finden. Ich ging in die Küche zurück und sagte, Marc hat den Schlüssel an sich genommen, damit ich wie ein Lügner dastehe. Damit ich dich nicht zum Explodieren bringen und in die alte Rock zurückverwandeln kann.

Komm her, sagtest du und wolltest mich erneut in die Arme nehmen, aber ich stieß dich weg.

Muss ich erst die Katze töten, damit ihr mir glaubt?

Das reicht, sagte Marc und stand auf. Ich fand nicht, dass es reicht. Ich sagte, ich werde das Tier auf bestialische Art umbringen, damit Großmutter einen Herzschlag bekommt, wenn sie davon erfährt. Dann gibt's eine Beerdigung statt einer Hochzeit.

Es reicht wirklich, Timm!

Geh schlafen, sagtest du.

Ich schlafe nicht mehr.

Du bist komplett hinüber. Hast du heute schon was gegessen?

Ich esse nicht mehr.

Bitte geh ins Bett. Wir reden morgen weiter.

Ich rede nicht mehr.

Das Bett war hart und kalt. Ich hörte, wie Marc versuchte, dir ein Kind zu machen. Er stöhnte wie ein Mädchen, aber du hieltest dich zurück, damit ich einschlafen konnte.

Ich träumte von daheim. Unser Haus brannte und Vater versuchte das Feuer mit einem nassen Handtuch zu löschen. Mutter rettete ihre kleinen Kinder, trug zuerst Beni aus dem Haus, dann mich. Wir schauten von der anderen Straßenseite zu, wie das Haus in einer schwarzen Rußwolke verschwand. Nur die Tür war noch zu sehen, aus der goldene Flammen züngelten. Dann kam Vater herausmarschiert mit einer Tasse Kaffee in der Hand.

Ein Geräusch weckte mich. Es hatte sich etwas in mein Zimmer geschlichen. Das warst du! Gibt's ja nicht, dachte ich, hat's dir das Mädchen nicht anständig besorgt? Ich stellte mich schlafend, aber in meinem Pyjama regte sich etwas. Ich hörte dich auf dem Boden herumtappen und das Bett suchen. Es dauerte ewig, obwohl das Zimmer klein war. Ich zündete das Licht an. Marc kauerte wie eine Nacktkatze auf dem Teppich und durchsuchte meine Sachen.

Ich hab den Schlüssel nicht mehr, sagte ich.

Er suchte das Feuerzeug.

38

Am nächsten Morgen war mein erster Gedanke, ihr heiratet nicht wirklich, ich hab das nur geträumt. Aber es war kein Traum, es war ein Albtraum.

Ich ging in die Küche und kochte Kaffeewasser. Du saßt am Tisch und telefoniertest. Ich betrachtete deinen Rücken. Nie hattest du schöner und verletzlicher ausgesehen als an diesem Morgen.

Du telefoniertest mit deiner Mutter. Du fluchtest und schimpftest nicht, sondern unterhieltest dich ganz normal mit ihr wie mit einer guten Freundin. Das machte mich erst recht nervös.

Vor dem Kühlschrank, wo der Hund sonst immer gelegen hatte, kauerte die Katze. Ich goss heißes Wasser in meine Tasse und verschüttete ein paar Spritzer, dass sie gellend Reißaus nahm.

Timm!

Timm hat die Katze verbrüht, sagtest du zu deiner Mutter. Ja, wir haben es ihm gesagt. Nein, er wird keine Dummheiten machen. Oder, Timm?

Ich trank meinen Kaffee auf dem Balkon und schaute zu den Bäumen des Parks hinüber. Es war heiß und die Luft flimmerte, obwohl es noch Morgen war. Man hörte Bongos und Gitarren tanzen. Der Park gehörte jetzt den Straßenkünstlern, die das Lied des Sommers spielten. Der Himmel war blau wie das Meer und es roch nach Ferien und Sonnencreme und das

Leben war leicht und froh und nur in meiner Brust brodelte es finster und kalt.

Du hattest fertig telefoniert und kamst auf den Balkon. Du nahmst einen Schluck aus meiner Tasse und ich fragte, wieso du dir nicht einfach wieder einen Hund zulegst.

Ach, Kind.

Siehst du? Du hast schon eins, wozu noch ein anderes?

Da ist so ein Gefühl, sagtest du. Ein Gefühl, dass es in meinem Leben um mehr geht als nur um mich.

Ja, um *mich*, sagte ich und du lachtest, aber ich meinte es ernst. Ein Kind macht alles zunichte. Im Gegenteil, sagtest du, ein Kind macht alles neu. Es ist eine Aufgabe, die wächst und mit der man mitwachsen kann. Du bist aber schon groß, sagte ich, du bist die Größte. Ich bekam einen Kuss auf die Wange und dann gingst du duschen.

Ich nutzte dein freies Zimmer, um an deinen Sachen zu riechen. Der Anblick der zerwühlten Decken zerriss mir den Magen. Ich konnte sehen, wie Marc dich letzte Nacht von allen Seiten begattete, um dir ein Kind nach seinen Vorstellungen zu spritzen. Deine Zukunft konnte ich ebenfalls sehen. Wie du in einen Vorort mit einem leeren Spielplatz ziehst. Wie du vor weißen Tapeten Marcs Hemden bügelst, während ein fettes Baby auf dem Boden schreit. Wie du mittags vor dem Fernseher Sahnelikör trinkst und fett wirst wie das Baby, das du an einem trockenen Tag mit dem Kissen erstickst.

Marc machte dich kaputt, Rock. Jemand musste ihn stoppen und das konnte nur ich. Indem ich aufzeigte, dass er nicht der Saubermann ist, für den ihn alle halten. Ich musste in seinen Keller hinabsteigen und eine Leiche finden.

Ich ging in sein Zimmer. Seit dem Tod des Hundes stand es offen, damit die Katze in der Wohnung frei zirkulieren konnte.

Oh, Hallo Timm. Wie geht es dir?

Marc legte Wäsche auf dem Bett zusammen. Er entschuldigte sich für seinen nächtlichen Besuch gestern. Er hatte plötzlich ein ungutes Gefühl bekommen wegen des Feuerzeugs. Aber er traut mir. Und um zu beweisen, wie sehr er mir traut, bot er mir eine vertrauensvolle Aufgabe an.

Du kannst darin auch einen Freundschaftsbeweis sehen, sagte er.

Was?

Ich möchte, dass du mein Trauzeuge wirst.

Bist du sicher, dass du einen brauchst?

Überleg's dir. Es würde mich sehr freuen. Rock auch.

Er fragte noch, ob ich nachher mit euch einkaufen komme. Er braucht einen Anzug, sein Job fängt bald an. Ich erklärte, ich kann nicht mit, ich geh auf große Erkundungsreise.

Was suchst du denn?

Eine Leiche.

Oha, schreibst du an einem neuen Roman?

Ich schreibe nicht mehr.

37

Als ihr gegangen wart, durchsuchte ich Marcs Spiegelschrank. Ich fand nichts Verdächtiges. Auch die Pultschubladen wussten kein Geheimnis zu lüften, alles war so deprimierend langweilig, dass ich erst recht das Bedürfnis verspürte, dich vor Marcs Zukunft zu beschützen.

Auf dem Schreibtisch lag die Fahne für den Druck der Doktorarbeit. Sie hatte alle Checks überstanden und durfte nun bald als Buch in der Universitätsbibliothek verschimmeln.

Ich blätterte die Fahne durch, schaute mir ein paar Diagramme und Tabellen an und las ein paar Sätze. Sätze, die mir bekannt vorkamen. Da wurde mir plötzlich klar, dass ich Marcs Leiche in der Hand hielt. Man musste sie nur ins rechte Licht rücken.

Dein Handy lag in der Küche. Ich rief deine Mutter an und sagte, wir müssen uns dringend sehen, wir müssen eine Katastrophe verhindern.

Die Sache mit Marc und Rock setzt dir ganz schön zu, hm?

Überhaupt nicht. Aber Marc hat eine Leiche im Keller.

Timm, glaub mir, du wirst bald jemand anderen finden.

Es geht nicht immer nur um mich in meinem Leben, sagte ich, es geht um mehr. Wir müssen Rock retten!

Ich konnte deine Mutter überreden, sich die Leiche wenigstens mal anzusehen. Sie schlug ein Mittagessen im Park vor, sie liebt den Park im Sommer, aber mittags kann ich nicht, da habe ich mit Beni Psychiater.

Du gehst zu einem Therapeuten?

Können wir uns um halb zwei treffen?

Ich war aufgeregt. Während ich die Zähne putzte, entdeckte ich etwas, das mich noch mehr aufregte. Es lag im Katzenklo, das jetzt nicht mehr in Marcs Zimmer stand, sondern unter dem Waschbecken. Zwischen der Katzenstreu glitzerte es hervor, ich bückte mich und sah nach. Es war der Schlüssel zum Vorhängeschloss, den ich letzte Nacht so schmerzlich vermisst hatte. Die Katze musste ihn gefunden und hier versteckt haben. Sie war eine kleine Elster. Nein, ein kleiner Teufel. Sie wollte mir schaden.

Ich hatte vorhin in Marcs Schrank ein Paar Lederhandschuhe gesehen. Die ging ich jetzt anziehen. Dann suchte ich die Katze. Sie versteckte sich unter Marcs Bett. Ich kriegte sie zu fassen, zog sie hervor und trug sie ins Bad.

Wieso ist der Schlüssel hier? Sprich.

Ich drückte ihr nacktes Gesicht ins Streu, dass die Körnchen knackten. Nachher hatte sie einen panierten Kopf. Sie fing sich geschickt zu winden an, bis ich sie nicht mehr halten konnte und fallen ließ. Sie rannte in die Küche und zwängte sich in eine Nische zwischen Backofen und Schrank. Ich zog sie am Schwanz heraus, packte sie am Nacken und starrte ihr in die aufgerissenen Augen, die durchsichtig waren vor Angst. Das blöde Tier roch nach Wurst, obwohl es wie ein gerupftes Huhn aussah.

Schmeckst du fein? Gebraten, meine ich.

Ich öffnete den Backofen, warf sie hinein, schloss die Tür und stellte auf höchste Temperatur. Hinter der Scheibe miaute es.

Der alte Backofen kam nur langsam auf Touren und ich hatte nicht mehr viel Zeit, ich musste Beni in der Kantine abholen. Ich nahm die Katze wieder heraus und würgte sie. Sie piepste wie ein Vogel.

Bist ja wirklich eine Elster. Kannst du fliegen?

Ich trug sie auf den Balkon und hielt sie über das Geländer. Aus dem Piepsen wurde ein Heulen und Krähen. Sie krallte sich mit allem, was sie hatte, an mir fest und die Hinterpfoten erwischten meinen Unterarm, der nicht durch die Handschuhe geschützt war. Die Krallen schnitten sich tief ins Fleisch. Ich versuchte, die Katze über dem Abgrund abzuschütteln, aber sie gab meinen Arm nicht frei. Pisse rann über die Handschuhe und über die aufgerissene Haut, es brannte. Ich marschierte ins Bad und spritzte die Katze mit der Brause ab. Endlich ließ sie los. Sie wartete auf steifen Beinen in der Duschwanne, bis ich die Handschuhe ausgezogen und mir das Blut und die Pisse vom Arm gewaschen hatte. Dann spritzte ich die Katze so kalt wie es ging ab. Richtete einen harten Strahl auf Kopf und Augen, den sie tapfer ertrug. Nur die Beinchen zitterten wie verrückt.

Ich stellte die Brause ab und sagte, verschwinde. Sie wich nicht von der Stelle, blieb in der Wanne stehen, tropfte und zitterte. Ich nahm ein Handtuch und rieb sie trocken. Dann wickelte ich sie in ein Badetuch ein, sodass nur noch das Gesichtchen herausschaute und trug sie in die Küche. Ich wärmte Milch auf, gab es in ein Schälchen und setzte mich mit dem Frotteebündel auf dem Schoss an den Tisch. Ich schaute zu, wie die Katze mit violettem Zünglein warme Milch leckte. Sie fing sogar zu schnurren an, obwohl sie immer noch schlotterte, dass man's durchs Frottee spürte.

Du musst dir ein dickeres Fell zulegen, sagte ich.

Du auch, sagte sie.

36

Ich kam zu spät zu Beni in die Kantine, weil ich noch den Arm einbinden musste. Wir rannten bei Rot über die Straßen und landeten schwitzend und nach Luft schnappend auf den Stühlen des Psychiaters. Dieser schlug die Cordhosenbeine übereinander und blätterte in seinem Wachstuchheft.

Er schaute mich an:

Schlafen Sie besser? Essen Sie wieder?

Alles prima.

Was ist mit Ihrem Arm?

Ein Ausschlag.

Es blutet unter dem Verband.

Hab gekratzt. Können wir bitte vorwärtsmachen? Ich muss um halb zwei zu einer wichtigen Verabredung.

M-mit Rock?

Nein. Erzähl jetzt von deinem Drogenproblem.

Keins mehr.

Was?

I-ich nehme kein Kokain mehr.

Super, Beni. Gratuliere.

Sie haben aufgehört? Was hat Sie dazu bewogen?

E-eine Sorge weniger für Mama und Papa. Timi hat eine Buchhandlung angezündet.

Wie bitte?

Keine Panik. Nur ein Buch und etwas Teppich.

Was für ein Buch?

Ein schlechtes.

Können Sie sich an den Titel erinnern?

Ich nannte ihn und der andere stand auf und verließ das Zimmer.

Ich fragte Beni, ob er wirklich nicht mehr kokst. Ja, wirklich. Ist nicht gesund für die Nase. Außerdem ist seine Lieferantin aufgeflogen, eine Frau aus der Kantine. Sie hat ihre Kunden über die Essensausgabe versorgt, aber Vater hat es herausgefunden und der Geschäftsleitung gemeldet. Zum Dank durfte er oben im Direktionsrestaurant zu Mittag essen.

Der Psychiater kehrte mit einem Bücherjournal zurück und blätterte es durch.

Ah, ja. Wie ich vermutet habe.

Er hielt mir die aufgeschlagene Seite hin. Sie zeigte die Bestsellerliste. Ganz oben stand *Verbrenn mich.*

Sie haben die Nummer eins beseitigen wollen.

Nein, wollte ich nicht.

Ich kann Ihnen auch sagen, warum.

Nein, können Sie nicht.

Weil Sie selber gern die Nummer eins wären.

Nein, wäre ich nicht.

Wie lautet der Titel Ihres Romans schon wieder?

Eins, sagte Beni.

Klar wäre ich gern die Nummer eins, sagte ich, aber das wäre doch jeder gern.

Sie täuschen sich. Nicht jeder ist einem solchen Druck ausgesetzt.

Ich habe keinen Druck.

Sind Sie sicher?

Ja. Ich kenne mich besser als Sie.

Dann verraten Sie uns doch, wieso Sie gern die Nummer eins wären.

Einfach. Es würde helfen.

Wobei?

Das Loch zu stopfen.

Welches Loch?

Nein.

Was, nein?

Also gut. Da ist ein schwarzes Loch in meiner Brust.

Seit wann?

Schon immer. Da fall ich immer wieder rein. Aber manchmal verschwindet es.

Wann?

Wenn mir etwas Besonderes gelingt.

Wenn Sie einen Wettbewerb gewinnen? Oder eine Aufnahmeprüfung bestehen?

Genau. Dann ist das Loch weg.

Wie fühlt sich das an?

Dann kann ich fliegen.

Du kannst fliegen?

Ja, Beni. Aber nur für kurze Zeit, bis das Loch wieder aufgeht. Aber wenn ich mal etwas schaffen würde, das länger anhält, würde es zuwachsen.

Haben Sie deshalb ein Buch geschrieben?

Ja. Aber ohne Erfolg bringt das nichts.

Auch ein Bestseller hätte Ihnen nicht lange geholfen.

Doch, dann wäre ich jetzt geheilt.

Glauben Sie?

Hundertpro.

Ich denke, Sie waren schon mal die Nummer eins.

Das wüsste ich.

Nicht im Buchhandel.

Sondern?

Bei Ihrer Mutter.

Hä?

Bevor Ihr kleiner Bruder auftauchte.

Was reden Sie da?

Das Los des älteren Geschwisters. Irgendwann muss es den Sonnenplatz an der Brust der Mutter räumen.

Quatsch! Meine Mutter hat zwei Brüste.

Es ist schwer, auf den Sonnenplatz zu verzichten, wenn man ihn einmal hatte. Es ist wie bei einer Droge. Man sucht ein Leben lang nach der verlorenen Wärme.

Das ist doch Blödsinn, was Sie da erzählen. Ich habe das Buch grundlos angezündet, ich wusste nicht mal, dass es auf Platz eins steht.

Ich denke, ich liege dennoch nicht ganz falsch. Es gibt Kinder, die alles tun würden, um auf den Sonnenplatz zurückzukehren.

Ich bin kein Kind mehr und Sie sind ein Trottel.

He! Mäßigen Sie sich bitte, ja?

Ist doch wahr. Sind Sie überhaupt ein richtiger Psychiater?

Wieso werden Sie jetzt aggressiv?

Ich werde nicht aggressiv.

D-das schwarze Loch, Timi?

Nein, Beni, alles gut. Aber der da ist nicht gut, er weiß nicht, was er redet. Hier hängen ja nicht mal Diplome an der Wand, haben Sie überhaupt einen Abschluss?

Mir scheint, ich habe einen wunden Punkt bei Ihnen getroffen.

Da ist kein wunder Punkt, nur ein wunder Arm. Wollen Sie mal sehen? Bitte.

Ich wickelte den Verband ab. Der Arm sah schlimm aus, hatte tiefe Schnitte, aus denen dunkelrot das Blut sickerte. Beni guckte weg, der Psychiater guckte genauer hin:

Das sieht mir nicht nach einem Ausschlag aus. Hatten Sie Streit?

Ja.

Mit einer Frau?

Ja.

Was ist passiert?

Die Frau wollte einen anderen heiraten, da habe ich sie zurückgehalten.

H-hast du wieder mit Rock gekämpft?

Und mit ihrem Hund. Der ist jetzt tot.

D-du hast einen Hund getötet?

Es war ein Versehen.

Ist das wahr? Sie haben den Hund Ihrer Freundin getötet?

Ja.

Warum?

Er war zu alt für diese Welt.

Hatten Sie das Gefühl, Ihre Freundin mochte ihn lieber als Sie?

Kommen Sie jetzt wieder mit Ihrer Populärpsychologie?

Wie haben Sie den Hund getötet?

Nicht wichtig. Wichtig ist nur, dass Rock nicht den Falschen heiratet, drum treffe ich mich nachher mit ihrer Mutter und erzähle ihr von der Leiche im Keller.

Der tote Hund liegt im Keller?

Nein, da liegt eine andere Leiche.

Jetzt hören Sie mal zu! Ich habe Ihnen schon mal gesagt, dass Sie hier nicht so reden dürfen! Haben Sie verstanden?

Was wollen Sie tun? Mich einsperren lassen? Nur zu, man kennt mich auf dem Revier. Aber die Leiche gibt es wirklich.

D-du machst mir Angst, Timi.

Sie machen uns allen Angst.

Keine Angst, sie ist bloß aus Papier.

W-was ist denn los, Timi?

Das erzähl ich dir, sobald ich's Rocks Mutter erzählt habe. Ihnen erzähl ich's überhaupt nicht, Sie sind ein Scharlatan.

So, ich habe genug von Ihnen. Bitte gehen Sie. Und zeigen Sie den Arm einem Arzt, das sieht schlecht aus.

Nichts ist schlecht. Sie sind schlecht.

Gehen Sie.

K-komm, Timi. A-auf Wiedersehen, Herr Doktor.

Das ist kein Doktor. Das ist ein Hochstapler.

Gehen Sie!

Draußen sagte ich, dass der Hund an einem Herzinfarkt gestorben ist. Beni war erleichtert.

Vermisst du das Koks?

Schon.

Er sagte, dass er sich ein paar weiße Turnschuhe gekauft hat und abends auf der Straße damit laufen geht. Ein schönes Bild, sagte ich. Mit weißen Turnschuhen vor dem weißen Pulver davonrennen ist sehr poetisch.

Du solltest Schriftsteller werden, sagte ich.

Du bist der Schriftsteller in der Familie, sagte er.

Danke.

Mama will nochmals versuchen, dein Buch zu lesen.

Ist das wahr?

Kommst du mal mit mir rennen?

Ich weiß nicht, Beni. Es ist grad anstrengend genug.

35

Wir hatten im hinteren Teil des Parks abgemacht, bei der Baracke. Ich setzte mich an einen der rot lackierten Metalltische und hielt das Gesicht in die Sonne. Hunde und Kinder jagten über die Wiese und die Erwachsenen hörten einer kleinen Jazzband zu, die einen alten Hit spielte.

Deine Mutter verspätete sich. Ich holte ein Glas Bier bei der Baracke. Ich trank und blätterte in einer Zeitung, die unter dem Tisch gelegen hatte. Ich las einen Artikel über einen jungen Mann, der das Gymnasium nicht geschafft hatte und es nun allen zeigen wollte, indem er einen Roman schrieb. Er glaubte, ein großer Schriftsteller zu werden, doch leider fehlte ihm das nötige Talent, was er aber in seinem von Alkohol und Selbstgesprächen befeuerten Wahn nicht erkennen konnte. Er litt unter seiner Erfolglosigkeit und riss auf seinem Weg nach unten seine Familie mit. Der Bruder verfiel dem Drogenkonsum und der arbeitslose Vater verlor seine Ersparnisse an einen zweifelhaften Autorenverlag. Zu guter Letzt verübte der junge Wirrkopf einen Brandanschlag auf eine Buchhandlung, um sich, wie er zu Protokoll gab, Raum zu verschaffen in einer Welt, in der es keinen Platz für ihn gab.

Rock, ich merkte es erst, dass der Artikel von mir handelte, als ich meine ehemalige Deutschlehrerin auf dem Foto sah. Sie stand im Klassenzimmer und hielt mein Buch in der Hand. Das Cover mit der goldenen Eins war deutlich zu sehen und unter dem Bild stand, was man im Gymnasium von mir und meinen Schreibkünsten hielt:

Eine große Tragödie.

Ich hörte, wie mich der Park auslachte. Ich schaute mich um. Die Kinder und Hunde rannten immer noch, die kleine Jazzband spielte ein neues Stück und die Zuschauer wippten auf den Fußballen. Es roch nach Grill und Sonne und in meinen Ohren pfiff und rauschte es, der Schweiß rann mir von der Stirn und ich konnte meine Füße nicht mehr spüren, das schwarze Loch sog mich ein, langsam und doch gierig, mir wurde schwindlig.

Endlich kam deine Mutter. Sie sagte, ich sehe schrecklich aus, wie viel ich noch wiege.

Zitterst du?

Sie sagte, es wird höchste Zeit, dass ich dich ziehen lasse. Sie sah den Verband und wollte wissen, was passiert ist. Ich mochte es nicht sagen, da überkam sie eine böse Ahnung:

Hast du versucht …?

Hm?

Oh nein, nein!, rief sie, wolltest du dir etwas antun?

Ich schüttelte den Kopf, aber nur halbherzig, ich genoss ihre Sorge um mich. Sie bestand darauf, dass ich den Verband aufmachte und meine Pulsadern zeigte. Nachher stand sie auf und ging zur Baracke, um sich einen Gespritzten zu kaufen und für mich eine Wurst mit einer dicken Scheibe Brot.

Iss das bitte.

Kein Hunger.

Mir zuliebe.

Während ich auf einem Wurstzipfel herumkaute, band deine Mutter den Arm wieder ein. Ich soll es noch heute einem Arzt zeigen, sagte sie, so etwas kann böse enden.

Mit Rock kann es auch böse enden, sagte ich.

Timm, ich würde lieber über dich statt über Rock reden.

Aber ihre Zukunft baut auf einer Lüge auf, sagte ich. Marc ist ein Schwindler und Betrüger. Seine Doktorarbeit ist ungültig, er hat sie abgeschrieben.

Abgeschrieben?

Bei mir.

Deine Mutter musste lächeln, aber ich sagte, ich kann es beweisen. Man braucht nur mein Buch mit seinem zu vergleichen, da sind Hunderte ähnlicher Sätze drin.

Du musst Rock warnen. Sie darf keinen falschen Doktor heiraten.

Wieso sagst du es ihr nicht selber?

Sie würde mir nicht glauben. Sie glaubt mir nicht mal, dass ich ihren Hund umgebracht habe.

Ich mach mir wirklich Sorgen um dich, Timm. Hilft es dir, jemanden zum Reden zu haben?

Was?

Dein Therapeut.

Ein alter Depp. Hat gemeint, eine Frau hat meinen Arm so zugerichtet.

Wer war's denn?

Marcs Katze. Nachdem sie den Hund getötet hat, wollte sie auch mich töten.

Dachte, du hast den Hund auf dem Gewissen?

Ich schaffte nur die Hälfte der Wurst, den Rest aß deine Mutter. Ich versprach, niemandem etwas von Marcs Diss-Beschiss zu erzählen, aber die Leute werden von selbst draufkommen, sobald mein Buch berühmt ist.

Ich hörte, es verkauft sich nicht.

Sagt wer?

Rock.

Wie kommt sie darauf?

Marc.

Ha, hofft er wohl. Damit er nicht auffliegt. Aber mein Buch nimmt mächtig Fahrt auf, alle Zeitungen sind voll davon. Guck, hier.

Ich zeigte ihr das Foto von der Deutschlehrerin mit meinem Buch in der Hand und sagte, alle preisen den Roman als eine große Tragödie. Deine Mutter holte die Lesebrille aus der Tasche und wollte den ganzen Artikel in Augenschein nehmen. Das fand ich nicht so gut.

Musst du das jetzt lesen?

Ist das alles über dich?

Die Jazzband hatte aufgehört zu spielen. Der Gitarrist, ein alter Asphaltcowboy mit staubigen Stiefeln, machte mit dem Hut die Runde. Ich stand auf und kaufte mir ein neues Bier. Dann setzte ich mich wieder hin und überlegte, wie ich deine Mutter davon abhalten konnte, den ganzen Text zu lesen. Am Ende würde sie noch glauben, ich hätte den Verstand verloren. Na ja, hatte ich wohl auch.

Der alte Asphaltcowboy erreichte unseren Tisch. Er klimperte mit den Münzen in seinem Lederhut, aber ich konnte ihm nichts geben, ich hatte mein Kleingeld fürs Bier ausgegeben und besaß nur noch eine Zehnernote.

Kommt schon, Leute, knurrte er.

Ich sah, dass von deiner Mutter nichts kommen würde. Sie hatte sich über die Zeitung gebeugt und ihre Finger ins Papier gekrallt, so sehr war sie in die Lektüre vertieft. Was soll's, dachte ich und opferte meinen Geldschein. Der andere grinste, als hätte er mich reingelegt und schlurfte davon.

Deine Mutter tauchte langsam wieder aus der Zeitung auf. Sie kam von weit her und war kreideweiß im Gesicht. Der Artikel hatte sie ebenso erschüttert wie mich vorhin. Sie nahm die Lesebrille ab und blickte sich um, als müsste sie sich vergewissern, wo sie war. Sie schaute dem Asphaltcowboy nach.

Das kann doch nicht wahr sein, stammelte sie. Das ist unmöglich.

Genau, sagte ich. Der Journalist, der das geschrieben hat, ist verrückt. Er hat eine blaue Brille getragen.

So eine Scheiße, flüsterte deine Mutter, während ihr die Tränen über die Wangen liefen. Sie nahm ihre Tasche und verschwand auf der Toilette. Ich zerriss das Schundblatt in tausend Fetzen und spürte das Blut im zerkratzten Arm pochen.

Als deine Mutter lange nicht zurückkehrte, ging ich nachschauen. Die Toilette war leer. Deine Mutter war gegangen, ohne mir Tschüss zu sagen. Eine Reaktion, die ich von meiner eigenen Mutter kannte. Die ließ mich auch einfach stehen, wenn sie enttäuscht von mir war. Ich hätte gern gewusst, ob deine Mutter wegen des Zeitungsberichts so aufgebracht war oder weil ich behauptet hatte, Marc hat bei mir abgeschrieben. Wahrscheinlich beides.

Es prasselte von allen Seiten auf mich ein. Ich hatte meine letzte Verbündete verloren. Ich trank ihren Gespritzten aus und fror. Der Park war plötzlich leer. So verdammt leer, dass man Platzangst bekam.

34

Ich habe es nicht kommen sehen, Rock. Obwohl ich mehrfach gewarnt worden bin. Es schlug ein, als Vater einen gelben Blumenstrauß kaufte und mich damit in den kleinen Buchladen schickte. Er hatte wieder geöffnet und Vater wollte, dass ich mich bei der Buchhändlerin entschuldige.

Sie bediente gerade eine ältere Kundin, als ich eintrat. Die Kundin interessierte sich für ein Buch, dessen Titel sie vergessen hatte. Sie wusste nur noch, dass es sich um eine Tragödie handelte. Die Buchhändlerin griff ins Schaufenster und holte ein Buch aus der Auslage – mein Buch!

Die Kundin wollte es als Geschenk eingepackt haben. Die Tränen schossen mir in die Augen und ich musste mich zurückhalten, damit ich die beiden Frauen nicht umarmte und ganz fest drückte. Mir wurde schwindlig vor Glück und ich dachte, ich werde ohnmächtig. Ich setzte mich auf einen Stuhl.

Die Buchhändlerin freute sich über die Blumen und ging zur Toilette, um eine Vase mit Wasser zu füllen. Ich ging mit und fragte, wie viele Bücher sie von mir verkauft hat. Fünf Stück, sagte sie und da kam mir der Magen hoch. Ich schaffte es gerade noch in die Kabine, schloss mich ein und übergab mich.

Ich blieb lange vor der Schüssel kauern und hielt meinen Kopf fest, der wie verrückt pulsierte. Ein Rausch aus Fieber und Schüttelfrost hatte mich erfasst und ich fühlte mich elend und großartig zugleich. Fünf Bücher! Da draußen lasen jetzt fünf Menschen meinen Text!

Die Buchhändlerin klopfte an die Tür:

Alles gut bei Ihnen?

Sie wollte, dass ich herauskam, befürchtete wohl, ich könnte wieder etwas anzünden. Aber das Einzige, das brannte, war mein Unterarm. Er hatte eine seltsame Farbe angenommen.

Ich verließ die Kabine und wollte mir die Hände mit dem Handdesinfektionsmittel einreiben, das jetzt einsam und verlassen auf dem Tischchen vor der Toilette stand. Dann sah ich weiße Ameisen über den einst verkohlten Teppich wimmeln und brach zusammen.

Als ich wieder zu mir kam, lag ich auf der Intensivstation. Im gesunden Arm steckte ein Schlauch und über mir summte eine Maschine. Ich schlief wieder ein. Ich träumte von einem kleinen orangen Krokodil, das vor mir auf dem Wasser trieb. Je weiter es wegschwamm, desto größer wurde es.

Das nächste Mal erwachte ich in einem normalen Spitalzimmer. Ein Pfleger und eine Ärztin kamen herein und die Ärztin fragte, ob ich weiß, wieso ich hier bin. Wegen der Buchhandlung, sagte ich. Ich habe Rußpartikel eingeatmet.

Sie hatten eine Blutvergiftung, sagte sie. Sie hätten sterben können.

Ich will nicht sterben, sagte ich. Ich habe fünf Bücher verkauft.

Mittags kamen Vater und Beni zu Besuch. Beni küsste mich auf die kalte Wange und Vater hatte eine Zeitung dabei. Wir redeten nicht viel, weil ich zu benommen war. Der Pfleger brachte das Mittagessen, aber ich hatte keinen Hunger, Beni durfte es essen.

Vater sagte, er weiß nicht, ob ich schon fit genug für eine kleine Aufregung bin, aber ich soll doch bei Gelegenheit mal einen Blick ins Feuilleton werfen. Er legte mir die Zeitung aufs Bett.

Bin ich drin?

Er grinste wie ein Lausbub. Ich fragte, ob Mutter auch eine Zeitung hat und er sagte, alle haben eine, er hat zwanzig Exemplare gekauft und in der Kantine verteilt.

Am Abend erhielt ich erneut Besuch: Marc. Ich war immer noch groggy von den Medikamenten, drum störte es mich nicht. Ich sagte, wie geht's Rock? Das Rennen um sie ist neu eröffnet, sagte ich, ich bin wieder im Spiel. Ich steh im Feuilleton der wichtigsten Zeitung des Landes.

Schön für dich, sagte er. Ich muss dich etwas fragen: Wieso hat die Katze dich angegriffen?

Ich hatte sie übers Balkongeländer gehalten.

Hm. Gab es einen bestimmten Grund?

Ich wollte sehen, ob sie fliegen kann.

Du wolltest dich für den Hund rächen, richtig?

Sie wollte mich auch töten. Aber wir haben beide überlebt und nächste Woche heiraten wir.

Du musst die Wohnung verlassen.

Weiß Rock, dass du hier bist?

Nein. Das ist eine Sache zwischen dir und mir.

Ich zieh sicher nicht aus, nur weil du Schiss hast.

Unterschätz mich nicht, Timmchen.

Vor dem Schlafen roch ich an der Zeitung. Ich hatte noch nicht reingeschaut, ich wollte es noch ein bisschen hinauszögern, um es dann umso mehr genießen zu können.

Mitten in der Nacht wachte ich auf, weil ich keine Luft mehr kriegte. Ich machte Licht und klingelte, aber niemand kam. Es war so ruhig, dass ich mein Herz bis in den Gang hinaus schlagen hörte. Ich konnte nicht mehr einschlafen, hatte Angst, ich würde sonst sterben.

Um mich abzulenken, blätterte ich die Zeitung durch. Der Artikel über mein Buch füllte eine ganze Seite. Der Chefkritiker persönlich hatte sich seiner angenommen, nachdem seine Frau in einer anderen Zeitung über meine Brandstiftung gelesen hatte. Er nannte meinen Roman die Entdeckung des Jahres. Sein Fazit lernte ich noch in derselben Nacht auswendig:

Das Werk ist von einer grandiosen Suchbewegung getrieben, die durch eine originelle, rückwärts laufende Kapitelstruktur unterstützt wird. Diese zwingt den Leser, analog dem Einstieg – Ein junger Mensch auf dem Irrweg zur Nummer eins – selber auf Irrfahrt zu gehen, die sich am Ende als höchst zielführend erweist, mündet sie doch in Kapitel eins, also dem angestrebten Höhepunkt. Somit schließt sich der Kreis und dem Leser hat sich auf seiner Reise auch allerhand erschlossen.

Ich versuchte, den ganzen Artikel auswendig zu lernen, aber das meiste war so literarisch geschrieben, dass ich kein Wort verstand. Ich verstand nur, dass der Chefkritiker mein Buch viel besser verstanden hatte als ich selbst.

Ich schlürfte jeden Buchstaben von der Zeitungsseite. Mein Rücken kribbelte wie verrückt von den Flügeln, die mir wuchsen. Nun konnte ich erst recht nicht mehr schlafen.

33

Als ich wieder nach Hause durfte, hängte ich die Buchbesprechung in der Küche auf. Ich las der Katze meine Lieblingsstellen vor und später auch dir.

Mannomann, sagtest du, wirst du jetzt berühmt?

Warum hast du mich im Spital nicht besucht?

Da warst du noch nicht berühmt.

Wir lachten und du wolltest meinen Arm sehen. Ich wickelte den Verband ab und du gabst mir einen Kuss auf die Narben. Die Katze wollte die Narben auch sehen, durfte sie aber nicht küssen.

Vater rief auf deinem Handy an und sagte, Marc geht nicht mehr ran, wenn er auf seinem anruft, das ist nicht gut.

Du musst jetzt rund um die Uhr erreichbar sein, Timm. Es geht los.

Was geht los?

Sie wollen dich.

Wer?

Alle.

Die Kantinentreffen fanden nun täglich statt. Zuerst gingen wir die Kritiken durch, die Vater für mich ausgedruckt und ausgeschnitten hatte. Alle lobten das Konzept des Romans, den Titel und die Countdown-Kapitel. Anschließend besprachen wir die Termine für Lesungen und Interviews und der Verleger klagte über die Druckerei, die mit der steigenden Nachfrage nicht Schritt halten konnte.

Bald hatte es in der Küche keinen Platz mehr für die Berichterstattung und ich musste in den Korridor hinaus bauen. Marc beschwerte sich bei dir, aber du fandest es spannend, mitansehen zu können, wie meine Bekanntheit wuchs. Damit Marc nicht alles lesen musste, strich ich die besten Stellen mit Leuchtstift für ihn an. Mein Lieblingssatz lautete:

Eine raffinierte Mischung aus trunkener Leidenschaft und akademischer Nüchternheit – als rebellierte ein Kind gegen die Übermacht der Erwachsenenwelt.

Marc hatte seine Arbeit bei der Unternehmensberatung schwungvoll aufgenommen und sah von Tag zu Tag schlechter aus. Sein Anzug war bereits nach der ersten Woche zerknittert und sein Lederköfferchen schwitzte. Er kam spät nach Hause, wärmte ein Fertigmenü auf und ging früh zu Bett. Meist legte er sich in sein eigenes, um nicht geweckt zu werden, wenn du von der Arbeit kamst. Er hatte für nichts mehr Energie, weder für Mädchen-Gestöhn noch um mich aus der Wohnung zu werfen. Obwohl es für Letzteres einen Plan gab, wie er mir versicherte.

Pass nur auf, dass du nicht plötzlich selber weg bist, sagte ich.

Lachhaft, sagte er, aber der Einzige, der lachte, war ich.

Ich flog. Ich flog durch den Park, durch die Stadt und durch die Buchhandlungen. Je höher die Türme meiner Romane wuchsen, desto unbesiegbarer fühlte ich mich. Als ich dich zu Hause dabei erwischte, wie du ein Interview an der Wand last und mit dem Finger über das Bild fuhrst, das ein bekannter Fotograf von mir geschossen hatte, dachte ich, jetzt könnte ich dich einfach küssen. Aber die Zeit war noch nicht ganz reif. Obwohl du sagtest:

Hübsch.

Das Interview oder das Bild?

Beides.

Jetzt, wo Beni koksfrei war, wollte er nicht mehr zur Therapie. Ich schon. Der Psychiater begrüßte mich wie einen alten Bekannten:

Gut sehen Sie aus. Man kann ja keine Zeitung mehr aufschlagen, ohne auf Ihr Buch zu stoßen.

Haben Sie eins gekauft?

Selbstverständlich!

Es lag auf dem Tisch. Der Psychiater zerrte das Cellophan runter und reichte mir Buch und Füller für eine Widmung. Ich schrieb:

Für Benis Psychiater. Und meinen.

Er hatte noch ein kleines Geschenk für mich. Die aktuelle Bestsellerliste, die er aus dem Bücherjournal gerupft hatte. Ich hatte sie schon von Vater bekommen, aber Beni kannte sie noch nicht und freute sich wie ein kleiner Bruder, weil ich auf Rang elf stand. Ich war nicht ganz so begeistert wie er. Mir hatte es eine Eins zu viel in der Elf, aber das konnte sich ja noch entwickeln.

32

Agent und Verleger hatten eine Überraschung für mich. Darum fand die heutige Kantinensitzung nicht in der Kantine statt, sondern im Literaturhaus.

Wir schritten den hohen Lesesaal mit den holzgetäfelten Wänden ab. Es roch nach Bienenwachs und der Verleger zählte die Schriftsteller auf, die hier schon gelesen hatten. Er lächelte.

Vater sagte, die Warteliste für dieses Haus ist so lang wie die Liste der Bestellungen für mein Buch. Doch nun hat eine große Autorin im Schatten ihres Rosengartens einen Schlaganfall erlitten und ein Jungtalent darf kurzfristig für sie einspringen.

Rate mal, wer.

Ich, sagte ich.

Ich hatte schon ein paar Lesungen absolviert, meist in Buchhandlungen und auch in der, die ich angezündet hatte, aber das hier war eine andere Liga. Wer es schafft, unter diesen Kronleuchtern ein ausgesuchtes Publikum einzuschläfern, der darf sich endgültig Schriftsteller nennen. Mein Herz klopfte, als müsste ich gleich auftreten.

Vater händigte mir einen Stapel teure Einladungskarten aus, die er hatte drucken lassen. Ich ging nach Hause, um dir eine zu geben.

Ich traf dich bei der Wandlektüre an. Du kauertest im Korridor und studiertest einen Artikel, der ganz unten hing. Ich sagte, Hallo und du drehtest dich zu mir um und es riss ein böses Loch in deine Jeans. Das tat weh, denn es waren meine Lieblingsjeans.

Merkwürdig, sagtest du, ich hab doch gar nicht so viel gegessen.

Schwanger!, schoss es durch meinen Kopf, aber du sahst nicht schwanger aus und man wurde auch nicht so schnell dick davon.

Ich überreichte dir eine Einladungskarte. Du fuhrst mit dem Finger über die Goldprägung und schautest mich etwas länger an als nötig, sodass ich in deinen schwarzen Augen versank.

Komm mit.

Du nahmst meine Hand und ich spürte, dass du mir auch etwas geben wolltest.

Dein Schlafzimmer sah entrümpelt aus. Die Läden waren hochgezogen und auf der Matratze lagen nur noch zwei Decken und zwei Kissen. Du zogst die kaputte Jeans aus, warfst sie in die Ecke und hobst eine Schachtel vom Boden auf. Kleine cremefarbene Kuverts steckten darin. Du suchtest eins aus und sagtest, ich bin der Erste, der eins kriegt. Ich öffnete es und hielt eine Einladung zu deiner Hochzeit in der Hand. In meinem Kopf riss ein zweites Paar Jeans.

Du willst ihn immer noch heiraten?

Marc ist mein Mann, Kind.

Das einzig Gute an der Einladung war das Datum. Es lag weit in der Zukunft, bis dahin konnte noch viel passieren.

Ich gab dir eine zweite Karte für die Lesung. Für deine Mutter. Du sagtest, es herrscht gerade Funkstille zwischen euch, du weißt nicht, wo sie steckt.

Sie muss aber kommen, sagte ich.

Ich komm bestimmt, sagtest du.

Dann komm ich auch, sagte ich.

Die restlichen Einladungskarten trug ich in die Kneipe und verteilte sie unter den alten Säufern. Sie fragten, ob es da was zu trinken gibt und ich sagte, so viel sie wollen.

Die kleine blonde Aushilfe verlangte zwei Karten, eine für sich und eine für ihren Freund. Zum Dank spendierte sie mir ein paar Drinks. Ich spendierte ihr auch ein paar Drinks und als du sie ablösen kamst, drückte ich ihr einen Kuss auf den Mund. Sie lachte und wir gingen was essen. Nachher nahm ich sie mit zu mir und fickte sie so gottserbärmlich durch, dass Unternehmensberater Marc nicht schlafen konnte. Er polterte gegen meine Tür und drohte, morgen das Wohnungsschloss auszuwechseln.

Wasn das fürn Arsch?, keuchte die Kleine.

Kein Arsch, sagte ich, bloß 'n Furz.

31

Am Tag der Lesung wurde ich frisch eingekleidet. Vater führte mich in ein Herrengeschäft, wo die Jacketts hingen, die er und Beni trugen. Anschließend ging's zum Friseur und dann aßen wir in der Kantine unter den neugierigen Blicken von Vaters Kollegen Riesencrevetten an Safransauce. Eine fiel mir auf mein weißes Hemd und Vater sagte, nicht schlimm, wir holen gleich ein neues.

Das hier ist auch noch für dich.

Er schob ein Geschenk über den Tisch. Ich packte es aus, es war ein Handy, das beste, das es auf dem Markt gab. Ich brauch keins, sagte ich und Vater meinte, nur bis der Rummel sich gelegt hat. Die wichtigsten Nummern hatte er bereits abgespeichert, deine stand zuoberst bei den Favoriten. Wir gingen es vor der Tür ausprobieren und führten uns wie kleine Jungs mit Walkie-Talkies auf.

Den Nachmittag verbrachte ich mit Lesenüben. Ich war kein bisschen nervös, flog unbekümmert durch Raum und Zeit, doch dann fand ich auf dem Küchentisch einen Artikel, den Marc für mich aus dem Internet ausgedruckt hatte und der den Erfolg meines Romans hinterfragte. Der Artikel stammte von einem Buchhändler, der behauptete, mein Roman ist aufgrund eines Missverständnisses so gefragt. Die meisten Kunden kaufen ihn, weil sie glauben, bei der Eins handelt es sich um die Nummer eins der Bestsellerliste. Den nächsten Satz hatte Marc mit Leuchtstift markiert:

Nicht der Inhalt macht den Reiz eines Buches aus, sondern seine Platzierung in der Verkaufshitparade.

Ich hängte den Ausdruck dort auf, wo er hingehörte, über der WC-Schüssel. Aber mit meiner Ruhe war es vorbei. Ich rief Vater an und sagte, die Leute kaufen mein Buch nur wegen der Zahl auf dem Cover und nicht wegen der Worte dahinter. Vater lachte, aber mir war es ernst, ich wollte nicht bloß gekauft, ich wollte gelesen werden. Da steckte eine Menge Herzblut und Wachstuchheft drin. Vater reichte mich an den Verleger weiter und der versicherte mir, dass mein Buch höchst lesenswert ist, sonst hätte er es nicht herausgebracht. Das überzeugte mich kein bisschen.

Abends ging ich rechtzeitig los und kam trotzdem zu spät im Literaturhaus an.

30

Ich verlief mich, musste Passanten fragen, verlief mich noch mehr. Ein junger Mensch auf dem Irrweg, live. Als ich endlich eintraf, stand Vater im leeren Foyer und verwarf die Hände:

Es ist noch zu früh für Starallüren!

Hab's nicht extra gemacht.

Wieso bist du nicht ans Handy?

Hat nicht geklingelt.

Er wollte es sehen.

Ausgeschaltet!

Er stellte es wieder an, klemmte ein kleines Mikrofon an meinen Hemdkragen und gab mir ein Minzbonbon. Er sagte, das ist keine Kantinenlesung mehr, im Publikum sitzen zwei Mitglieder der Geschäftsleitung.

Er führte mich durch die hohe Tür in den Saal, wo alle brav auf ihren Stühlen saßen und auf mich warteten. Jetzt drehten sich dreihundert Köpfe zu mir um und ich entdeckte Mutter, die roten Lippenstift aufgetragen hatte. Sie strahlte.

Ich stieg auf die Bühne und setzte mich an einen kleinen Tisch. Ein Scheinwerfer zündete mir ins Gesicht und das Publikum verschwand in einer salzigen Dunkelheit. Ich trank das Wasserglas leer, das auf dem Tisch stand. Die Direktorin des Literaturhauses tauchte neben mir auf und sprach ein paar einleitende Worte. Dann prasselte warmer Beifall auf die Bühne und ich klappte das Buch auf.

Ich las mit ruhigem Atem. Ich traf jedes Wort und legte wohldosierte Pausen ein. Alles lief prima, bis mein Handy zu klingeln begann und ich es hervorholen musste, um es abzustellen. Auf dem Display stand *Rock*. Ich wollte dich wegdrücken, aber da es verdächtig still war im Saal, dachte ich, du rufst von deinem Platz aus an, um mir mitzuteilen, dass mein Hosenstall offen steht oder etwas in der Art.

Ich nahm ab und sprach so leise wie möglich, aber wegen des blöden Mikrofons am Hals hörte man es im ganzen Raum. Dich hörte man ebenfalls, du sagtest, du magst nicht kommen, deine Mutter hatte einen Zusammenbruch.

Das ist jetzt ungünstig, sagte ich.

Sie ist in der Klapse gelandet.

Das tut mir leid. Hör zu, ich …

Der Arzt meint, sie hat ihn gesehen.

Wen gesehen?

Meinen Vater.

Nun konnte ich nicht mehr auflegen. Du warst der einsamste Mensch auf Erden und deine Stimme klang wie aus einer Erbsendose. Deine Mutter hatte immer behauptet, sie kann nicht sagen, wer dein Vater ist. Du hattest ihr das nie wirklich geglaubt.

Ich will sie nicht mehr sehen, sagtest du. Nie wieder.

Dann erfährst du aber nicht –

Will ich auch nicht.

Aber du liebst ihn, Rock.

Ich weiß. Ich liebe einen Menschen, den ich nicht kenne.

Dann kämpf weiter, sagte ich. Liebe ist Zweikampf.

Ich will doch nur, dass er weiß, dass es mich gibt.

Und wie es dich gibt.

Ach, Timm.

Ach, Kleines.
Wann liest du?
Jetzt.

Ich las noch eine Weile, dann klappte ich das Buch zu und der Saal applaudierte. Sehr lange. Ich saß einfach nur da, blinzelte in den Scheinwerfer und genoss die zärtliche Resonanz. Dann erschien wieder die Direktorin neben mir und versuchte es mit einem kurzen Talk. Sie gratulierte zu meinem gelungenen Auftritt. Besonders die Einlage mit dem Telefonanruf hatte ihr gefallen.

Perfektes Timing. Mussten Sie lange üben?

Nein.

Liebe ist Zweikampf – kommt das in Ihrem neuen Roman vor?

Vielleicht.

Nun durfte das Publikum Fragen stellen. Eine ältere Frau wollte wissen, ob Rock meine Freundin ist und ich sagte, ja. Ein älterer Herr fragte, wie ich auf den Titel gekommen bin, auf die Eins, und ich fragte zurück, ob er den Rest auch gelesen hat. Die Direktorin eilte ihm zu Hilfe, indem sie lachend rief, na hören Sie mal, das haben wohl die meisten hier, oder? Das Publikum klatschte ein letztes Mal, dann durfte es aufstehen und ins Foyer zum Apéro gehen.

Ich musste sitzen bleiben und Bücher signieren. Im Nu hatte sich eine lange Schlange gebildet, in der auch Mutter stand. Sie hatte sich ein Buch gekauft, obwohl sie schon eins besaß.

Das war eine schöne Lesung, sagte sie, als sie es mir reichte.

Schön siehst du aus, schön bist du hier, schrieb ich hinein.

In Ordnung, wenn ich noch etwas bleibe?, fragte sie und stellte sich hinter mich. Sie schaute zu, wie ich Dutzende von Büchern entgegennahm und ich musste mir nicht mal die Mühe machen, etwas Originelles reinzuschreiben, damit sie blieb. Ich kritzelte einfach nur meinen Namen hin und Mama wich trotzdem nicht von meiner Seite. Jemand gratulierte ihr zu ihrem Sohn, ein Ehepaar aus der Nachbarschaft, worauf das Rot auf Mamas Mund zerschmolz. Und als der Kugelschreiber, den ich am Kinderschreibwettbewerb gewonnen hatte, den Geist aufgab, winkte sie Vater herbei, damit er die Mine auswechselte und ich nicht mit einem anderen weiterschreiben musste.

Schließlich waren die Bücher ausverkauft und Mama und ich wechselten ins Foyer. In der Mitte war ein Büffet mit kühlen Getränken und feinen Häppchen aufgebaut. Beni stand verloren daneben und wusste nicht, wohin mit den Händen. Mama ging auf die Toilette und ich stellte mich zu Beni und sagte, er darf alles aufessen, gehört alles uns. Er nahm einen Plunder mit Puderzucker und biss hinein.

Hey, sagte jemand neben mir.

Der Journalist mit der blauen Brille.

Das war fies von Ihnen, sagte ich.

Er zeigte mit seinem Weißweinglas in die Runde und meinte, ohne ihn wäre das alles nicht passiert, ich soll ihm lieber danken, statt mich zu beschweren. Er sagte, der Telefonanruf auf der Bühne kann nicht gespielt gewesen sein, so gut spielt keiner.

Ich schon.

Diese Rock, das ist doch die Mörderfackel aus der Kneipe, oder? Die ist nie und nimmer deine Freundin, eine ganz andere Liga. Hey, ist das dein Bruder, die Koksnase? Fantastisch!

Beni hatte das Gesicht voller Puderzucker. Mutter kam von der Toilette zurück und wischte ihn mit dem Taschentuch sauber. Dann gingen sie Vater suchen.

Eine Frau gesellte sich zu uns, eine Journalistenkollegin von der blauen Brille.

Die Anruferin klang verzweifelt. Echt nur Show?

Ja, sie ist meine Freundin.

Ist sie nicht, sagte Blaubrille und ich sagte, sie ist noch viel mehr als das. Sie ist meine Muse und Inspiration und ohne sie gäbe es keinen Roman, denn das meiste habe ich bei ihr in der Kneipe geschrieben.

Was ist das für eine Kneipe?, fragte die Journalistin.

Meine Familie kam sich verabschieden und ich begleitete sie zum Ausgang. Unterwegs fiel mir ein Mann auf, der an einem Fleischspieß herumsaugte. Mein Herz stolperte – der Kritiker vom *Tagblatt!* Der fette Kerl, der tagelang in meinem Kopf herumgelungert war. Jetzt lungerte er hier im Foyer herum und machte ein Gesicht, als wartete er darauf, dass ihm jemand den Holzspieß in die Gurgel rammt.

Draußen fragte Vater, ob er mich wo hinfahren kann. Ich sagte, nein. Ich hatte bei dem ganzen Trubel vergessen zu essen und wollte nochmals zurück ans Büffet. Großer Fehler.

29

Der Kritiker saugte an einem neuen Fleischspieß herum. Dann klaubte er mit unappetitlichen Fingern ein Stück Ananas aus einem Becher. Sein feuchtkaltes Gesicht machte mir Angst und auch sein Bauch, der über einen dünnen Gürtel hing. Ich trank zwei Gläser warmen Weißwein. Mein Hirn löste sich darin auf wie eine Brausetablette.

Langsam näherte ich mich dem Büffet. Ließ den anderen keine Sekunde aus den Augen. Er stopfte Blätterteiggebäck in sich hinein und hustete, dass Flocken aus seinen Backen stoben. Er kaute mit schiefem Kiefer wie ein Nilpferd. Dann verschränkte er die Arme hinter dem Rücken und studierte eine Kugellampe über dem Büffet. Ich stand jetzt dicht neben ihm und starrte ihn an. Als er mich endlich bemerkte, zuckte er zusammen:

Hoppla. Der Mann des Abends.

Er langte nach einer Serviette und wischte sich das Gesicht trocken. Dann zeigte er zur Kugellampe und meinte, dass die eigentlich nichts verloren hat in diesem altehrwürdigen Raum. Dass sie nur ein billiger Ersatz für einen Kristalllüster ist, der früher hier sein großes Licht ausgeschüttet hat. Ich verstand die Andeutung und überlegte, ob ich ihn ins Essen stoßen oder Schlimmeres mit ihm anstellen soll. Er sagte:

Das war gut.

Was?

Nicht so steif wie bei den anderen.

Was?

Ihre Lesung.

Mit einem Schlag stand ein anderer Mensch vor mir. Das war kein grinsender Fettsack mehr, sondern ein gemütlicher älterer Herr, der versuchte, das Leben mit dem zu ordnen, was er hatte – mit seinem Geschmack. Wir lächelten uns eine Weile ratlos an, bis ich sagte:

Es tut mir leid.

Was tut Ihnen leid?

Dass Ihnen mein Buch nicht gefallen hat.

Er winkte amüsiert ab und meinte, man kann nicht allen gefallen. Muss man auch nicht, wie man in etwas reiferen Jahren feststellen darf.

Er fragte, ob das Telefonat während des Lesens wirklich inszeniert war und ich sagte ihm die Wahrheit. Dann schaute er wieder zur Decke und erklärte mir die Architektur. Ich folgte seinen Ausführungen, leise zitternd vor Erleichterung, dass ein Dämon aus mir gewichen war. Es blieben zwar noch genug übrig, aber für den Moment war ich einfach nur dankbar und glücklich. Ich stellte Fragen zu den Fenstern und zum Verputz und mein neuer Freund meinte, das ist gewöhnlicher Kalkverputz und die Fenster sind neu.

Blaubrille stellte sich zu uns. Hielt ein übervolles Weinglas und grüßte den Kritiker mit hey, Kollega, aber der grüßte nicht zurück. Wein tropfte auf den Boden. Der Kritiker drückte mir zum Abschied die Hand und raunte mir zu, ich soll mich vor dem anderen in Acht nehmen, der ist besoffen. Blaubrille schaute ihm nach und sagte:

Scheint mich nicht sonderlich zu mögen.

Man muss nicht von allen gemocht werden.

Erzähl mir von Rock.

Wieso?

Was ist mit ihrem Vater?
Weiß nicht.
Weil du nicht ihr Freund bist.
Bald bin ich mehr als das.
Ihr Bruder? He, he!
Ihr Mann.
Wie?
Wir heiraten.
Wer's glaubt.
Mein Hochzeitsgeschenk wird noch viel unglaublicher sein.
Bin ich eingeladen?
Kaum.
Rocks Vater?
Ist das Hochzeitsgeschenk.

Ich war durch den Wind, Rock. Es tut mir noch immer sehr leid.

28

Als ich nach Hause kam, hörte ich dich schreien. Nicht in deinem, sondern in Marcs Zimmer. Das war ein Schritt in die falsche Richtung, ich musste dazwischengehen. Ich holte das Rasierwasser aus meiner Tasche und rieb mich vor dem Badezimmerspiegel ein.

Mein Gesicht sah anders aus. Da passte jetzt auf wundersame Weise alles zusammen, ich konnte mich ohne Anstrengung schön finden. Es war ein Lachen in meinen Augen und ein Silberglanz auf meiner Haut. Ich schraubte das Fläschchen auf und schüttete das Rasierwasser in den Ausguss. Dann duschte ich lange.

In dieser Nacht zog die Katze bei Marc aus und bei mir ein.

27

An einem regnerischen Morgen wollte ich Geld abheben und da lagen zehntausend auf meinem Konto. An der Kantinensitzung erfuhr ich, dass der Geldsegen vom Bücherverkauf stammt, eine erste Tranche. Vater hatte sie überwiesen, damit ich den Brotjob aufgeben und mich voll und ganz dem Schreiben widmen kann. Er und der Verleger waren übereingekommen, dass wir die Publicity nutzen und so rasch wie möglich ein zweites Buch nachschieben sollten.

Bist du schon an etwas Neuem?

Nö. Worüber auch?

Ich lass mir was einfallen.

Wir besprachen die anstehenden Termine. Einer stach heraus, ein Auftritt im Fernsehen. Ich war zu einer Talkrunde eingeladen zum Thema *Freund Alkohol.* Das fand ich nicht so toll, ich wollte kein amtlicher Alkoholiker sein vor meinen Eltern. Vater lachte und meinte, ich bin wohl deshalb ausgesucht worden, weil ich behauptet hatte, das Buch in einer Kneipe geschrieben zu haben.

Hab ich nie behauptet.

Steht hier aber irgendwo.

Er händigte mir die neuesten Medienberichte aus. Ich trug sie nach Hause und hoffte, dass Blaubrille nichts gebracht hat.

Du saßt am Küchentisch und blättertest in einem Hochzeitsprospekt. Du sahst schlecht aus, alt und traurig sahst du aus. Dann standest du auf und gingst einkaufen.

Ich schaute die Artikel durch. Von Blaubrille war nichts dabei, dafür von seiner Kollegin. Sie war Redakteurin eines Lifestyle-Magazins, hatte die Kneipe besucht und Fotos geschossen. Eins zeigte einen Tisch, nicht meinen, und darunter stand:

Hier wurde die Nummer eins geschrieben.

Das größte Foto war von dir. Du sahst weder alt noch traurig aus, sondern sprühtest vor Sex und Stolz. Ich wusste, dass jeder, der das Bild sieht, sofort Lust verspürt, in die Kneipe zu rennen und mit Schreiben zu beginnen.

Die Katze kam in die Küche und sprang auf meinen Schoß. Wir guckten zusammen den Hochzeitsprospekt an und machten uns über die Kleider und Models lustig. Dann lasen wir einen Brief, der herumlag, der jedoch nicht zum Lachen war. Er kam aus der Klinik, deiner Mutter ging es nicht gut. Ich sagte zur Katze, ich werde deine Mutter besuchen, gleich jetzt. Sie weiß etwas, das ich auch wissen muss.

Darf ich's dann auch wissen?

Wenn du's nicht Rock erzählst. Soll eine Überraschung werden.

Den Hochzeitsprospekt nahm ich mit.

26

Das Besuchszimmer war lieblos eingerichtet. Harter Teppich und ein Glas mit Steinen auf dem Tisch.

Deine Mutter war blass, da war fast kein Rot und Grün mehr übrig. Ihre Hände zitterten, als sie am Tisch Platz nahm. Sie fragte, was ich hier mache, und ich sagte, ich bin ebenfalls eingeliefert worden.

Bist du?

Noch nicht ganz, sagte ich, aber bald, denn auch ich habe etwas gesehen, das ich nicht verkrafte. Ich holte den Prospekt hervor und zeigte ihr die Hochzeitsmodels. Marc will aus dir auch so ein Püppchen machen, sagte ich, das können wir nicht zulassen.

Deine Mutter schaute mich aus leeren Augen an. Dann meinte sie, ich soll endlich loslassen. Hab ich doch längst getan, sagte ich, ich will dich nicht mehr haben, aber Marc darf dich auch nicht haben, er macht dich kaputt.

Sieh doch nur, wie tot die Mädchen sind.

Ich blätterte zu einem besonders toten Model vor:

Das ist Rock in drei Monaten.

Jetzt lächelte deine Mutter und tätschelte meine Hand:

Wir können Rock nicht zurückhalten.

Wir nicht, aber ihr Vater.

Das Lächeln gefror. Ich fragte:

Wer ist es?

Das kann ich dir nicht sagen.

Wieso nicht? Ich kenn doch schon sein Rasierwasser.

Das war nicht sein Rasierwasser, sagte deine Mutter bitter und stand auf. Sie bedankte sich für die Blumen, dabei hatte ich gar keine mitgebracht. Ich schenkte ihr den Prospekt.

25

Nach der Klinik schlenderte ich durch die Straßen, um auf andere Gedanken zu kommen. Ich sah die kleine Papeterie, in der ich damals mein Wachstuchheft gekauft hatte. Ich trat ein und sagte zum Mann hinter der Kasse:

Da bin ich wieder.

Ich nahm ein frisches Wachstuchheft aus dem Regal und blätterte durch die leeren Seiten. Ich roch am Umschlag und fragte den Mann, ob er sich noch an mich erinnert. Er kaute an seinem Daumennagel.

Stellen Sie sich vor, sagte ich, es hat doch tatsächlich geklappt!

Ich zahlte und ging in die Kneipe. Ich hatte Lust, ein neues Buch zu schreiben.

In der Kneipe war die Hölle ausgebrochen. Alles voller junger, gesunder Menschen, die johlten und pfefferten. Zwar war ich nun auch gesund, aber es nervte trotzdem. Wer keinen Platz hatte, stand vor der Theke, wo du die Getränke jetzt wie an einer Bar ausgabst, da du mit dem Tablett nicht mehr durchkamst.

Ich bahnte mir einen Weg zu dir. Du schütteltest Bierschaum von den Händen und riefst:

Wo kommen all die Idioten her?

Rock, mein Platz ist besetzt!

Du jetzt nicht auch noch!

Ich kämpfte mich zu meinem Tisch durch. Ein Typ mit Hipsterschal saß auf meinem Stuhl. Ich stellte mich neben ihn und sagte, das ist mein Platz. Er reagierte nicht. Ein langes Mädchen am Tischende zeigte auf mich und rief:

Leute, das ist der Kneipenschriftsteller!

Hipsterschal stand auf und überließ mir den Stuhl. Ich setzte mich, klappte das neue Wachstuchheft auf und holte den Kugelschreiber hervor. Alle sahen zu, wie ich mich auf die leere Seite konzentrierte. Das lange Mädchen fragte, ob nichts kommt und ich sagte, ich komm im Fernsehen. Das freute die Leute.

Trinkst was? Wir laden dich ein.

Ich trinke nicht mehr, sagte ich und packte zusammen.

Du machtest Pause und standest beim vordersten Tisch, wo sich die alten Säufer zusammengerottet hatten, um ihn gegen das Jungvolk zu verteidigen. Du zündetest eine Zigarette an und die Säufer fragten, ob sie jetzt auch drinnen rauchen dürfen.

Mir doch egal, sagtest du, ich arbeite eh nicht mehr lange hier.

Wir waren alle schockiert.

Das meinste nicht ernst, sagte einer.

Ohne uns kannste doch nicht, sagte ein anderer, ein armer Kerl mit ausgefranstem Schnauz. Er stemmte sich aus dem Stuhl, legte dir wankend den Arm um die Schulter und drückte dich an sich. Du kniffst ein Auge zu, blitztest ihn gefährlich an und da sah ich es: Es war noch da. Tief in dir drin schlummerte es noch, dieses wüste Verlangen, dich von einem alten Haudegen ficken zu lassen. Vielleicht nicht gerade vom Schnauzkerl hier, der sich kaum auf den Beinen halten konnte und nach Thunfisch roch, doch wenn der Richtige kommen würde, irgendein verbrauchter Boxer, Trucker, Eisenleger, dann würde er die Mauern, die Marc um dich herum baut, zum Einstürzen bringen und dich in einer einzigen Nacht befreien.

24

Ich ging nicht mehr in die Kneipe. Abends hatte ich sowieso oft Lesungen und tagsüber war die Kantine meine Kneipe. Vater belegte mittlerweile zwei Tische, die er zusammengeschoben und mit Unmengen Papier und Ordnern beladen hatte. Drucker und Laptop standen ebenfalls darauf, sowie jede Menge eingetrockneter Kaffeetassen.

Eines Morgens rief Vater an und fragte, ob ich eine Stunde früher kommen kann, es gibt etwas zu feiern. Die neue Bestsellerliste ist herausgekommen.

Ich wusste, was es geschlagen hatte: Wir hatten es geschafft. Und das genau zum richtigen Zeitpunkt, denn morgen war mein TV-Auftritt und als frischgekürte Nummer eins würde ich einen besonderen Platz in der Talkrunde einnehmen.

Ich gab der Katze ein zweites Frühstück aus.

Vater erwartete mich in der Mitte der noch leeren Kantine. Er stand mit dem Verleger und ein paar Versicherungskollegen um einen Tisch mit Champagnergläsern herum.

Er winkte mich zu sich und legte mir die Hand auf die Schulter:

Wie geht es dir?

Gut.

Hast du es schon gesehen?

Nein.

Er zögerte die Verkündung noch ein wenig hinaus, indem er der Runde den steinigen Weg schilderte, den mein Roman hinter sich hatte. Dann durfte jeder ein Glas nehmen, Vater hob seins in die Luft und rief:

Auf einen ausgezeichneten zweiten Platz!

Man stieß mit mir an. Eine Kantinenfrau brachte belegte Brötchen. Es roch nach Essig und Senf. Ein Mann trug schwarze Lackschuhe. Er wollte eine Lesung im Direktionsrestaurant veranstalten. Vater führte ihn zu seinem Arbeitsplatz und ich zog den Verleger am Ärmel und fragte:

Wieso nur Platz zwei?

Er lächelte, weil er glaubte, meine Enttäuschung sei gespielt. Als er merkte, dass sie echt war, sagte er, den ersten Rang werden wir nicht mehr erreichen. Ein internationaler Starautor ist gerade mit seinem neuen Roman *Prinz Ineb* von null auf eins eingestiegen und in der Regel hält er mehrere Wochen dort oben durch. Aber der zweite Platz ist genauso gut, besonders wenn man bedenkt, dass es sich bei mir um ein literarisches Werk handelt. Solche Bücher schaffen es selten so weit hinauf.

Ich sah keinen Grund, zu feiern, und stellte das Glas zurück. Ich verstand nicht, wieso man diesen *Prinz Ineb* nicht von der Spitze vertreiben konnte. Der Verleger meinte, da müsste schon Außergewöhnliches geschehen.

Zum Beispiel?

Oh, da bin ich überfragt. Ein Skandal vielleicht?

Diese Talkshow morgen, ist die live?

Vermutlich. Sind Sie schon ein wenig aufgeregt?

Wieso? Hab ja nix zu verlieren.

23

Am nächsten Morgen wachte ich früh auf und hatte Angst. Ich trank ein Glas Wasser auf dem Balkon. Dann riss ich sämtliche Buchbesprechungen von den Wänden und schaffte Platz für Neues.

Um acht Uhr ging ich in den Supermarkt und füllte die Brotgestelle auf. Meine Chefin fragte, was ich hier mache, ich bin doch jetzt ein erfolgreicher Schriftsteller. Nur für ein paar Stunden, sagte ich, sie braucht mich nicht zu bezahlen.

Als es nichts mehr zu tun gab, kaufte ich eine große Pralinenschachtel und brachte sie der Chefin in ihr Kabuff.

Ein Abschiedsgeschenk.

Lieb, Timm.

Ich trete heute im Fernsehen auf.

Viel Glück.

Am Nachmittag setzte ich mich mit meinem neuen Wachstuchheft in den Park und versuchte, einen ersten Satz zu schreiben. Die kleine Jazzband spielte. Als sie fertig war und der Asphaltcowboy mit dem Hut die Runde machte, legte ich ihm zwei große Scheine hinein. Einfach, weil ich es konnte. Er schaute mich lange an und sagte:

Freund.

Freund Alkohol, sagte ich.

Was?

Ich komm heut im Fernsehen.

Was spielst?

Timm.

Er schüttelte den Kopf und zog weiter. Ich ging auch. Ich musste mich für den Auftritt vorbereiten.

Ich duschte lange und zog ein frisches T-Shirt an. Du und Marc putztet euch ebenfalls raus. Du stiegst sogar in einen Rock. Ich hatte dich noch nie in einem Rock gesehen. Ich fragte, was ihr vorhabt und du sagtest, Großmutter hat euch zu einem bunten Abend ins Altersheim eingeladen.

Wieso mich nicht?

Du bist doch im Fernsehen.

Aber das wusste Großmutter ja nicht.

Timm kommt im Fernsehen?, sagte Marc.

Wieso hat sie mich nicht eingeladen? Im Fischrestaurant durfte ich doch auch dabei sein.

Musst dich halt nächstes Mal besser aufführen, sagte Marc.

Wann ist das nächste Mal?

Vergiss es. Es gibt kein nächstes Mal.

Ich schaute euch vom Balkon aus nach. Du sahst doof aus in deinem Rock, selbst von hier oben, du gingst wie eine Ente.

Vaters Wagen fuhr vor. Ich schloss die Wohnung ab und ging hinunter. Vater war enttäuscht, dass ich nicht Hemd und Jackett vom Literaturhaus trug, aber mir war wohler so. Im T-Shirt bin ich mehr ich – wer immer das auch ist.

22

Wir fuhren zum Sender hinaus. Das mit Großmutter nagte an mir. Was hatte sie gegen mich? Marc musste schlecht über mich geredet haben. Schade hatte ich mich mit ihrer Katze angefreundet, sonst könnte ich mich nachher an ihr abreagieren.

Stopp!, rief ich.

Vater trat auf die Bremse.

Was ist?

Ich hab was vergessen.

Wir kehrten um. Ich hastete das Treppenhaus hoch und überredete die Katze, in die Katzenbox zu steigen. Im Auto fragte Vater:

Was ist das?

Kizzy, die Nacktkatze.

Wieso müssen wir sie mitnehmen?

Um einer alten Frau einen Gefallen zu tun.

Ich machte ein Foto und schickte es dir und Marc. Dazu schrieb ich, *seht mal, wer mich begleitet, wir werden Großmutter aus dem Fernseher grüßen!*

Das konntet ihr der alten Hexe nicht vorenthalten. Nun würde ich doch zu eurer Runde gehören.

Vor der Sendung gab's belegte Brote, Schminke und ein paar Anweisungen vom Regisseur. Nie in die Kamera schauen, sagte er, und beim Reden nicht mit dem Kopf wackeln, sonst wird ihm schwindlig im Regieraum.

Wir wurden auf gelbe Polstersessel verteilt, die im Halbkreis standen. Die Moderatorin setzte sich in die Mitte und ordnete ihre Kärtchen. Wie ich feststellte, hatte sie mit allen ein Vorgespräch geführt, mit allen außer mir. Ich fühlte mich schon bevor es losging ausgeschlossen. Immerhin bemerkte sie mich jetzt:

Was ist das?

Sie zeigte auf die Katze, die ohne Box auf meinem Schoß hockte. Das ist Kizzy, sagte ich. Kizzy ist immer bei mir, sie wäre auch bei einem Vorgespräch bei mir gewesen. Die Moderatorin beäugte die Nacktkatze wie ein giftiges Insekt. Dann zündete über der Kamera ein rotes Lämpchen an und ihr Gesicht ging auf wie die Sonne. Sie begrüßte die Zuschauer zu Hause an den Bildschirmen und stellte ihre Gäste vor. Mich stellte sie ebenfalls vor und strahlte dabei genauso wie bei den anderen. Das beruhigte mich. Ich streichelte Kizzy über den Rücken und sagte, nicht in die Kamera gucken, gell?

21

Die Runde bestand aus lauter Männern. Das Komische war, dass ich sie alle irgendwie kannte. Einer sah aus wie Marc, ein anderer wie Benis Psychiater, ein dritter wie Beni selbst und der vierte schien der Zwillingsbruder meines Verlegers zu sein. Sie trugen alle Hemd und Jackett und ich fühlte mich wie im Pyjama neben ihnen.

Die Moderatorin leitete die Gesprächsrunde mit einem kurzen Rückblick auf die Kulturgeschichte des Alkohols ein. Sie zitierte ein paar große Köpfe und richtete dann eine Frage an mich. Ob es zutrifft, dass ich meinen Roman in einer Kneipe geschrieben habe. Ich nickte. Ob ich dabei getrunken habe.

Das kam vor, sagte ich.

Das ist gefährlich, sagte Marc 2. Arbeit und Alkohol sollte man strikte trennen.

Jeder richtige Schriftsteller trinkt bei der Arbeit, sagte ich.

Was ist ein richtiger Schriftsteller?, sagte Psychiater 2.

Ich bin ein richtiger Schriftsteller, sagte ich.

Trinken Sie viel?

Sechs große Dosen.

Das ist gefährlich, sagte Marc 2.

Ich schaffe auch zehn.

Da kann ein Freund rasch zu einem Feind werden, sagte Psychiater 2.

Zehe ich auch zo, lispelte Beni 2.

Ich bin unbesiegbar, sagte ich.

Rock, ich hatte das alles gar nicht sagen wollen. Da schaute ja nicht nur Großmutter zu, sondern auch Mutter zu Hause im

Wohnzimmer und Vater da hinten auf einem Monitor. Ich war noch keine zwei Minuten auf Sendung und hatte mich bereits in eine Ecke manövriert, aus der ich nur schwer wieder herauskam. Ich beschloss, eine Weile zu schweigen, bis mein Blödsinn verraucht war. Auch wenn's gar kein Blödsinn war, sondern die Wahrheit. Aber das begriffen die Leute nicht, sie begreifen es nie, auch in Zweitbesetzung nicht.

Die Moderatorin winkte nach hinten und ein Barmann tauchte aus der dunklen Tiefe des Studios auf und schob einen Getränkewagen ins Bild. Jeder durfte sich bei ihm einen Drink bestellen. Marc 2 wollte einen Dry Martini, Psychiater 2 einen Whiskey Sour, Verleger 2 einen Old Fashioned und Beni 2 einen Tequila Zunrize. Ich wollte nichts.

Sie trinken nichts?, sagte die Moderatorin.

Wozu, ich schreib ja nicht, sagte ich.

Marc 2 raunte Psychiater 2 etwas zu und Verleger 2 lächelte. Sie glaubten, ich hätte vorhin zu dick aufgetragen und würde keinen Alkohol vertragen. Also wandte ich mich an den Barmann und bestellte zehn Dosen Bier. Er hatte nur zwei kleine Fläschchen dabei, also verlangte ich ein Glas Whiskey. Pur. Randvoll.

Randvoll?

Ohne Eis.

Die anderen hielten den Atem an, während der Barmann ein schweres Glas füllte und mir reichte. Ich leerte es, ohne mit der Wimper zu zucken.

Wieso tun Sie das?, sagte Psychiater 2. Das ist doch kein Genuss.

Im Gegenteil, das ist gefährlich, sagte Marc 2.

Ich wäre jetzt bezoffen, sagte Beni 2.

Ist doch nur Eistee, sagte ich.

Wie bitte?, sagte die Moderatorin.

Wissen das die Zuschauer nicht?, sagte ich.

Ich versichere Ihnen, sagte die Moderatorin in die Kamera, in meiner Sendung wird nicht getrickst.

Nicht in die Kamera schauen, sagte ich.

Sie benehmen sich wie ein kleines Kind, sagte Psychiater 2.

An dieser Stelle möchte ich Großmutter grüßen, sagte ich und streckte das leere Glas in die Kamera: Prost, Grosi!

Man sollte nicht trinken, wenn man's nicht verträgt, sagte Marc 2.

Klappe, Marc 2, sagte ich.

Die Moderatorin blätterte in ihren Kärtchen. Sie hatte den Faden verloren. Ich half ihr, indem ich fragte, ob sie mein Buch gelesen hat. Hier dreht sich nicht alles nur um mich, meinte sie. Trotzdem fing sich jetzt alles um mich zu drehen an. Ich hatte das blöde Glas unterschätzt. Es lag auch daran, dass ich schon länger nichts mehr getrunken hatte und außer Übung war.

Ich fixierte die Kamera und erklärte den Zuschauern, dass ich ein neues Buch angefangen habe und bereits einem ersten Satz auf der Spur war. Einem genialen ersten Satz, aus dem dann ein zweiter sprießen wird und ein dritter und so weiter. Ich machte es mit den Händen vor und Psychiater 2 fragte, was ich eigentlich glaube, wer ich bin.

Ich bin Timm 1, sagte ich und schaukelte mit dem Kopf, dass dem Regisseur hinter der Scheibe genauso schwindlig wurde wie mir. Ich griff nach Kizzys Pfötchen und winkte damit in die Kamera. Das gefiel ihr nicht, sie sprang vom Schoß und verschwand in der Dunkelheit.

Kizzy!

Ich stand auf und folgte ihr. Während ich in Richtung Studioausgang stolperte, hörte ich, wie die Moderatorin die anderen zu ihren Konzepten für ein maßvolles Trinken befragte. Sie hatte den Faden wiedergefunden.

Die Katze war auf ein Gerüst geklettert und schaute frech herunter. Ich musste auch da rauf und sie retten. Während ich mich an den Verstrebungen hochzog, trat unten mein Vater heran und sagte:

Timm, was machst du denn?

Die Katze, sagte ich.

Ein ganzes Glas Whiskey!

Ich weiß. Tut mir leid.

Verlierst du jetzt den Boden unter den Füßen?

Die Katze sprang auf der anderen Seite herunter und tippelte zu meinem Vater. Er hob sie auf. Ich stieg auch wieder hinab und Vater fuhr uns nach Hause. Unterwegs entschuldigte ich mich für meine Aufführung. Er lachte:

Halb so schlimm.

Erklärst du's Mutter?

Ja. Gut für die Publicity.

Ich fand's ekelhaft, sagte die Katze.

Du bist ekelhaft, sagte ich.

Na hör mal, sagte Vater.

20

Zwei Tage nach der Sendung war mein Buch überall ausverkauft. Schuld daran war Kizzy. Jemand hatte aus ihrem Fernsehauftritt ein Katzenvideo geschnitten, das sich im ganzen Land verbreitete. Alle wollten die nackte Katze sehen und da mein Buchcover im Filmchen vorkam, hatten wir beide etwas davon. Wir guckten es uns hundertmal an und du schautest auch einmal mit, aber nur kurz, da bei dir gerade die Putzwut ausgebrochen war.

Du hattest dir gelbe Gummihandschuhe übergestülpt und die ganze Wohnung zu schrubben begonnen. Ich schaute dir zu, wie du auf allen vieren auf dem Küchenboden herumrutschtest. Du trugst wieder einen Rock, aber einen anderen als neulich, da Marc dir einen ganzen Stoß gekauft hatte. Ich sah auf dich hinunter und dachte, wenn du so weitermachst, verlier ich noch den Respekt vor dir, die Angst, die Liebe.

Dein Handy läutet!, keuchtest du.

Es war Beni. Er war ganz aufgeregt. Er durfte mir im Auftrag von Vater etwas ausrichten:

D-du bist die Nummer eins.

Bei wem?

Die Liste, Timi. Die Liste.

Ich bin auf Platz eins?

Du bist die Eins, Timi, die Eins!

Er sprudelte wie ein Wasserfall und fragte, ob das schwarze Loch jetzt weg ist. Er erzählte, dass er als Kind auch eins hatte und nur mit Licht schlafen konnte, aber Mama konnte es vertreiben und nun waren wir beide es los.

Jetzt sind wir frei, Timi!

Er war den Tränen nah. Ich auch. Er fragte, wann ich mal mit ihm rennen komme, er schafft eine ganze Stunde, ohne anzuhalten, aber seine Turnschuhe sind nicht mehr so weiß. Ich sagte, ich bin stolz auf meinen kleinen Bruder und er sagte, er auch, er liebt mich.

Ich liebe dich auch, sagte ich.

Jetzt ist alles gut, sagte er. Für immer und ewig.

Ja, Beni. Für immer und ewig.

Ich musste auflegen, sonst hätte ich losgeflennt. Aber viel Erholungszeit blieb mir nicht, denn nun rief auch noch Mutter an und fragte, ob sie mit dem Bestsellerautor eine Sofa-Lesung veranstalten darf. Na klar, sagte ich, sie soll die Einzelheiten mit meinem Agenten besprechen. Hat sie bereits getan und schon fünfzig Zusagen aus der Nachbarschaft erhalten.

Und die haben alle Platz auf deinem Sofa?

Ach, Schatz, lachte Mama und da konnte ich es nicht mehr zurückhalten. Ich heulte wie ein Schlosshund ins Handy, dass du aufstandest, die Gummihandschuhe auszogst und über meinen Rücken streicheltest. Du dachtest, es sei jemand gestorben, und das stimmte auch irgendwie, da war ein uraltes Kind von mir gegangen. Ich schnäuzte die Nase und sagte zu Mama, dass ich sie liebe. Zu dir sagte ich dasselbe, nachdem ich aufgelegt hatte, und wir umarmten uns und ich sagte, du darfst nicht sterben, bitte versprich mir, dass du nicht stirbst.

Spinnst du? Ich sterb doch nicht.

Ein bisschen schon.

Hä?

Du nahmst einen Ring vom Küchentisch, den du zum Putzen ausgezogen hattest, und stecktest ihn an den Finger zurück.

Es war dein Verlobungsring. Er war grau und schmal und ich dachte, ich habe noch nie so einen traurigen Ring gesehen. Ich bat dich um eine Zigarette, aber du hattest keine, du wolltest mit dem Rauchen aufhören.

Teilen wir uns einen Kaffee?

Wir stellten uns auf den Balkon, nahmen abwechselnd einen Schluck aus der Tasse und blickten zum Park hinüber. Die Bäume plusterten sich im warmen Wind auf und du sagtest, du wirst diesen Ausblick vermissen.

Vermissen?

Ja.

Ich hielt mir die Ohren zu, hörte aber trotzdem, wie du von einem Häuschen außerhalb der Stadt sprachst und von Großmutter, die euch bei der Finanzierung hilft.

Da draußen gehst du ein, sagte ich.

Im Gegenteil, ich werde aufblühen.

Als gelber Gummihandschuh im Faltenrock?

Kümmer du dich um dein eigenes Leben, Kind.

Ich bin kein Kind mehr, sagte ich, ich bin geheilt. Mir kann nichts mehr passieren und dir auch nicht, weil ich dich nicht im Stich lassen werde. Ich werde dich da rausholen, sagte ich.

Das tut schon Marc.

Marc tut dir nicht gut, Rock.

Und du tust Marc nicht gut.

Wieso, hab doch noch gar nichts gemacht, sagte ich und warf die Tasse übers Geländer. Sie brauchte ewig, bis sie unten auf dem Pflaster zerschellte. Du knalltest mir eine, dass ich Nasenbluten bekam, heftiges Nasenbluten, mit dem mir die letzten Flausen aus dem Kopf flossen. Nachher war ich endgültig geheilt.

19

Alle ließen mich spüren, dass ich die Nummer eins war. Nicht nur in der Kneipe und in den Buchhandlungen, sondern auch im Bus, auf der Straße und im Park. Sogar die Kinder schauten mir nach und die Vögel brachten mir Extraständchen. Das Licht der Engel hatte mich eingefangen, ich flog höher und höher und die Tage vergingen wie rieselnder Kristallzucker.

Ich wollte etwas zurückgeben von meinem seligen Glück. Also verhalf ich Vater zu einer erfolgreichen Kulturveranstaltung in der Versicherung. Das Direktionsrestaurant war bis auf den letzten Platz mit wichtigen Leuten gefüllt, es roch nach Seide und Roastbeef und Vater hielt zusammen mit dem CEO die Ansprache.

Ich las zu Hause vor hundert Leuten. Sie standen einander in der Stube still und leise auf den Füßen herum und atmeten durch den Mund. Die Möbel waren in den Keller geschafft worden und nur das Sofa stand noch im Zimmer. Darauf las ich eine volle Stunde und Mama saß neben mir und glänzte mit mir mit.

Dir, liebe Rock, wollte ich ein Geschenk mit Wachstumspotenzial machen. Es dauerte eine Weile, bis ich das richtige gefunden hatte. Als ich es an einem Freitagabend nach Hause brachte, scheuertest du gerade den Badezimmerboden. Ich sagte zum Geschenk, geh rein, ihr werdet euch mögen.

Hey, wer bist du denn?

Ich hörte, wie du die Gummihandschuhe von den Händen zerrtest.

Gott, bist du süß!

Dann kamst du mit dem jungen Hund auf dem Arm in den Korridor und strahltest über das ganze Gesicht, das dir von einer heißen Zunge abgeleckt wurde. Es war Liebe auf den ersten Blick. Du drücktest dem Hund einen Kuss auf den Kopf und ich bekam auch einen. Dann stelltest du ihn auf den Boden und hobst ihn sogleich wieder auf, Timm, die Katze!

Weilt nicht mehr unter uns.

Was?

An diesem Morgen hatte ich mich mit dem Leiter von Großmutters Altersheim getroffen. Ich hatte ihn zusammen mit Kizzy in seinem Büro besucht und ihm vorgeführt, dass eine Nacktkatze nicht nur haarlos, sondern auch harmlos ist. Er kannte Kizzy bereits. Das ganze Altersheim kannte Kizzy, sie war auch hier ein Star.

Unter zwei Bedingungen, sagte er.

Ich musste für die entsprechende Einrichtung in Großmutters Zimmer sorgen (hatte ich bereits organisiert) und nächste Woche im Aufenthaltsraum eine Lesung abhalten.

Beim Verabschieden sagte Kizzy, sie will nicht, dass ich gehe. Ich kann nicht bleiben, sagte ich, ich bin noch zu jung fürs Altersheim.

Ich auch, sagte sie.

Du musst jetzt loslassen, sagte ich.

Der junge Hund folgte dir in die Küche. Du fandest noch eine Büchse Hundefutter im Schrank und machtest sie auf. Die Wohnungstür ging. Marc kam von der Arbeit, früher als sonst. Ohne die Schuhe auszuziehen marschierte er in die Küche und steuerte direkt auf mich zu. Er sah weder dich noch den jungen Hund, sondern starrte mit kleinem Mund auf meine Brust. Er packte mich, zog mich an sich und umarmte mich. Mit Tränen in der Stimme sagte er, ich habe ja keine Ahnung, was für eine Freude ich Großmutter gemacht habe.

Dachte schon, du wirfst mich raus, sagte ich, als er mich endlich wieder losließ.

Nein, nein, du bleibst schön hier, sagte er und zog die Nase hoch. Dann bückte er sich zum jungen Hund, streichelte ihm vorsichtig über den Kopf und wurde nicht gebissen.

Ein paar Minuten später umarmte mich Marc ein zweites Mal, nachdem er das rote Superbike in seinem Zimmer entdeckt hatte. Es war noch röter und superer als sein früheres Bike. Zum Dank wollte er mir eine Dissertation schenken, hatte aber zu wenige Exemplare drucken lassen. Dafür schenkte ich ihm ein Buch von mir, es war gerade eine frische Ladung produziert worden. Marc versprach es bald zu lesen und mir ein detailliertes Feedback zu geben.

Wir ließen eine große Familienpizza kommen und der Hund wedelte den ganzen Abend wie verrückt mit dem Schwanz. Du sagtest, du hast noch nie so einen süßen Kerl gesehen und ich sagte, doch, mich. Wir lachten und später pinkelte der zweite süße Kerl an Marcs neues Hinterrad und du stülptest dir wieder die Gummihandschuhe über.

18

Leider folgte schon bald der erste Dämpfer. Ich erfuhr davon an der Kantinensitzung. Vater hatte auf Anordnung des CEOs ein Sitzungszimmer beziehen dürfen, damit wir unsere Meetings fernab der kauenden Öffentlichkeit abhalten konnten. Er sagte:

Du bist wieder auf den zweiten Platz zurückgefallen, *Prinz Ineb* hat die Spitze zurückerobert. Aber mach dir nichts draus, die Verkaufszahlen sind hervorragend. Wichtig ist jetzt nur, dass wir das zweite Buch planen. Wie weit bist du?

Ich holte das Wachstuchheft hervor und blätterte es vor ihm und dem Verleger durch.

Sehr schön, sagte der Verleger.

Das ist ja vollkommen leer, sagte Vater.

Nicht ganz, sagte ich und wies auf die *100* hin, die ich oben auf die erste Seite geschrieben hatte. Ich wusste zwar noch nicht, was ich schreiben würde, dafür wusste ich, wie: wiederum mit Countdown-Kapiteln. Der Verleger fand das eine kluge Strategie. Kritiker mögen es, wenn Autoren ihrem Stil treu bleiben, das hilft ihnen bei der Einordnung.

Vater las eine Liste mit möglichen Themen vor, die er sich überlegt hatte. Ich mochte nicht zuhören. Es tat weh, dass ich den ersten Platz verloren hatte. Als Vater fertig war, sagte ich, ich werde das perfekte Buch schreiben. Eins, das man nicht mehr zuklappen kann, wenn man es einmal geöffnet hat. Ein solches Buch wird ewig auf Rang eins bleiben und nicht bloß eine armselige Woche lang.

Wie willst du das schaffen?, fragte Vater.
Mit einem perfekten ersten Satz.
Wie soll der aussehen?
Keine Ahnung, sagte ich, aber ich werde es wissen, wenn ich ihn gefunden habe. Dann werde ich nicht mehr aufhören können zu schreiben.

Vater schaute zum Verleger. Der meinte, klingt schon verlockend, so eine Geschichte aus einem Guss. Ob ich mir bereits Gedanken zum Titel gemacht habe? Er könnte sich im Sinne der Kontinuität eine große Zwei auf dem Cover vorstellen.
Sie blöder Affe!, hätte ich beinahe gerufen.
Er lächelte und der Ansatz eines Doppelkinns zeigte sich. Er hatte zugenommen durch mein Buch, aber verstanden hatte er es nicht.

17

Ich wollte in mein altes Leben zurück mit Kneipe, Wachstuchheft und dir. Drum sagte ich alle Veranstaltungen ab und machte nur noch die Lesung im Altersheim. Großmutter war nicht unter den Zuschauern, sie ließ sich entschuldigen, hatte Schwindel, war von der Katze an der Hand gekratzt worden. Als ich vom Leiter entlassen wurde, glomm der Himmel über der Stadt dunkelrot und der Wind der Freiheit blies mir ins Gesicht.

Die Kneipe hatte ebenfalls ihr altes Leben zurückbekommen. Das Partyvolk war weitergezogen und zwischen den leeren Tischen klafften wieder Raum und Zeit. Ich ließ mich auf meinem Stuhl nieder und bestellte ein großes Bier bei dir. Du sahst gut aus, trotz eines grünen Rocks. Aber etwas stimmte nicht mit dir. Du lächeltest seltsam. Wie ein kleines Mädchen, das etwas Verbotenes getan hat und nicht weiß, ob es sich schämen oder freuen soll.

Was hast du angestellt?

Ich? Nichts, wieso?

Vorne redeten zwei Alte über dich. Ihnen war deine Veränderung auch aufgefallen. Der eine vermutete, dass du einen neuen Bock hast und der andere meinte, vielleicht bist du auch einfach nur glücklich.

Was ist los?, sagte ich beim nächsten Bier.

Wir gehen morgen ein Häuschen anschauen, sagtest du.

Ich trank das Glas aus.

Möchtest du die Wohnung übernehmen?, fragtest du.

Mal sehen. Lächelst du wegen dem Haus so blöd?

Kannst du ein Geheimnis für dich behalten?
Ja.
Ich auch.

Plötzlich wusste ich, weshalb du so selig warst. Du hast deine Mutter in der Klinik besucht und dich mit ihr versöhnt. Und erfahren, wer dein Vater ist. Ich bestellte ein neues Bier:
Hast du deine Mutter gesehen?
Nein. Die ist für mich gestorben.
Hast du jemand anderen gesehen?
Was?
Den du noch nie gesehen hast?
Wen meinst du?
Hast du deinen Vater gesehen?
Ich bin schwanger.

Ich stand auf, fragte einen Alten nach einer Zigarette und ging raus, rauchen. Anschließend bestellte ich ein Glas Whiskey bei dir.
Timm, hör zu.
Randvoll bitte.
Ich musste es jemandem sagen.
Pur, ohne Eis.
Erzähl es bitte nicht weiter.
Marc tanzt sicher vor Glück.
Er weiß es noch nicht. Du bist der Erste.
Ich bin gern der Erste, sagte ich, steckte mein Heft ein und ging.

Ich rannte nach Hause. Flog über Randsteine, Balkone, Dächer. Die Ampeln drehten sich nach mir um und hoch oben im schwärzesten Teil der Nacht riss ein gewaltiges Loch auf.

Als ich in die Wohnung kam, war nur der junge Hund da. Er wollte Gassi gehen, aber statt in den Park führte ich ihn in Marcs Zimmer und hieß ihn aufs Kissen pissen. Während er brav strullerte, ließ ich die Luft aus dem Bike.

16

Ich fuhr in die Klinik zu deiner Mutter. Diesmal mit Blumen und mit einer Halskette aus einem brennenden Stein, der böse Geister vertreibt. Deine Mutter freute sich, sie fand den Stein wunderschön. Sie selber war auch wieder schön, hatte viel von ihrer Farbe zurückgewonnen. Sie erzählte von einer Gesprächstherapie, die sie machte und die ihr guttat.

Redest du da auch über mich?, fragte ich.

Hauptsächlich über Rocks Vater, sagte sie.

Marc wird auch bald Vater, hätte ich gern gesagt. Um dir dazwischenzufunken. Du wolltest es erst bei der Trauung verkünden, es sollte dein Hochzeitsgeschenk für Marc sein. Bisher warst du nie eine große Romantikerin gewesen, aber so eine Schwangerschaft verändert wohl alles. Mein einziger Trost war, dass mein Hochzeitsgeschenk deins überstrahlen wird, wie es auch den Bräutigam überstrahlen wird. Sofern ich es denn hinkriegte. Aber deswegen war ich hier, deswegen wollte ich deine Mutter behutsam aushorchen.

Sie sagte:

Ich habe versucht, dein Buch zu lesen.

Wirf es weg, ich schreib ein neues.

Geht es dir gut?

Wo wohnt Rocks Vater?

Das weiß niemand.

Ich muss zurück, sagte ich.

Deine Mutter bedankte sich für die Blumen und das Geschenk.

An diesem Tag kaufte ich noch ein weiteres Geschenk, eins für Beni. Ich rief ihn an und sagte, wir müssen uns sehen, ich hole ihn nach der Arbeit in der Kantine ab. Er wollte nicht. Er wollte nach Hause und rennen gehen. Ist aber wichtig, sagte ich, hat auch mit Rennen zu tun.

Es geht um deine Zukunft, Beni.

15

Ich ging schon etwas früher in die Versicherung, um noch bei Vater vorbeizuschauen. Das Sitzungszimmer war jetzt wie ein richtiges Büro eingerichtet mit Schreibtisch, Aktenschrank und Grünpflanzen.

Hast du deinen Satz gefunden?, fragte er.

Dann wär ich jetzt nicht hier.

Stimmt. Hunger?

Ein Stück Kuchen vielleicht.

Wir gingen in die Kantine hinüber, Vater ließ zwei Kaffees raus und ich nahm einen Zitronencake aus der Vitrine. Vater schaute mir beim Essen zu.

Was hast du auf dem Herzen?

Nichts, wieso?

Geht es dir gut?

Ich hab mit Beni abgemacht.

Ihr macht was zusammen?

Ja.

Ihr habt schon lange nichts mehr zusammen gemacht.

In Zukunft werden wir wieder mehr zusammen machen, sagte ich.

Beni kam und ich fuhr mit ihm in die Wohnung. Ich zeigte ihm die Küche, den kleinen, hohen Balkon, die Zimmer. Er kennt meine Wohnung doch schon, sagte er, wieso sind wir hier?

Du kannst bei mir einziehen, sagte ich.

Wieso?

Das gehört dann alles uns.

I-ich will aber nicht.

Überleg's dir. Wir könnten abends vor dem Fernseher essen oder zusammen ins Kino. Du könntest so lange aufbleiben, wie du willst, und in der Küche richten wir einen Schrank nur mit Süßigkeiten ein.

Ich gab ihm das Geschenk. Er packte es aus. Es war eine Sportuhr. Ich erklärte ihm, wie sie funktioniert.

Komm, gehen wir rennen.

Ich hab meine Turnschuhe nicht dabei.

Brauchst du nicht, ich hab auch keine.

Ich nahm den jungen Hund an die Leine und wir gingen in den Park. Beni drückte bei der Uhr auf Start, wir sprangen los. Nach einer Runde war ich völlig ausgepumpt, ließ den Hund von der Leine und sah Beni zu, der mit flatternder Krawatte weiter trabte. Nachher strahlte er wie ein Maikäfer, weil er exakt bei fünftausend Schritten gestoppt hatte.

Wie weit geht die Uhr?

So weit du willst.

Bis ans Ende der Welt?

Und darüber hinaus!

Ich sagte, wenn er bei mir wohnt, kann er jeden Tag im Park seine Runden drehen. Das ist viel schöner als auf der Straße und der ganze Sauerstoff von den Bäumen fährt wie eine Droge ein, aber eine gesunde.

Komm, such dir ein Zimmer aus.

Ich hab schon ein Zimmer.

Nur so zum Spaß.

Wir gingen in die Wohnung zurück und Beni schaute sich nochmals um. Er entschied sich für dein Zimmer und ich sagte, das geht nicht, das wird meins.

Nimm Marcs Zimmer, das ist groß.
Beni schaute das Bett an, das Pult und den Spiegelschrank.
Kommt alles raus, du kriegst neue Sachen.
D-das Fahrrad?
Du kannst doch gar nicht Fahrrad fahren, Beni.
Aber er kann es lernen, sagte er. Er kann alles lernen, wenn er will, er hat auch schwimmen gelernt. Richtig, sagte ich, ich werde ihm auch so ein Bike kaufen, genau dasselbe und dann werde ich ihm das Fahrradfahren beibringen.

Ich musste auf die Toilette. Als ich zurückkehrte, war Beni verschwunden. Ich schaute im Schrank nach und unter dem Bett, aber er war weg. Wenigstens hatte er die Uhr mitgenommen.

14

Lieber Marc, es war ein friedlicher Sonntag, der das Fass zum Überlaufen brachte und dir den letzten Geduldsfaden riss. Du hattest einen schönen Brunch hergerichtet mit Eiern, Toast, Erdbeerkonfitüre und einer frischen Zeitung vom Kiosk. Ich wollte ausschlafen, aber du und Rock überredetet mich, eurem kleinen Sonntagstheater beizuwohnen, also setzte ich mich im Pyjama an den Küchentisch, trank Kaffee mit Milchschaum und schaute euch zu.

Ihr hattet die Zusage für das Häuschen erhalten. Ich sah mir die Fotos an und lobte den Gartenzaun, den Spannteppich, die Vorhangstangen. Das Häuschen ist größer, als es aussieht, sagtest du. Es ist großartig, sagte ich, du und Rock werdet dort sehr glücklich sein.

Was ist mit dir, Timm, wirst du die Wohnung behalten?

Ja, Marc, ich werde wieder eine WG daraus machen.

Ich erzählte, dass mein kleiner Bruder bei mir einziehen wird und auch die kleine blonde Aushilfe aus der Kneipe. Ich sagte, sie ist schwanger von mir, aber ich darf es noch nicht wissen, da es eine Überraschung sein soll. Rock warf mir einen bösen Blick zu und ich sagte, alles nur Quatsch, niemand ist schwanger, keine Angst.

Dann wurden wir von Beni gestört, der mich anrief und von zehntausend Schritten berichtete, die er gestern geschafft hatte. Für heute nahm er sich hunderttausend vor.

Mutter wollte auch noch mit mir reden und fragte, wieso ich Beni ein Zimmer gezeigt habe, er ist ganz aus dem Häuschen.

Wir ziehen aber nicht in ein Häuschen, sagte ich, nur in eine Wohnung. Da wurde Mutter böse:

Was soll das? Beni bleibt bei mir!

Keine Angst, sagte ich.

Ich begann deinen Toast aufzuessen, Marc. Ich bestrich ihn mit Konfitüre und legte dicke Käsestücke obendrauf. Währenddessen blättertest du die Zeitung durch und riefst plötzlich:

Das seid ja ihr!

Du zeigtest uns ein Bild, auf dem Rock und ich nahe beieinander standen. Die Legende darunter hattest du noch nicht gelesen, sonst hättest du dich nicht so für uns gefreut. Da stand:

Geben sich bald das Jawort: der Schriftsteller und seine Muse.

Rock starrte mich an. Ich verdrückte ein Ei mit noch etwas Schale dran, die beim Schlucken im Hals kratzte. Du last den Artikel, Marc. Du last sehr lange, obwohl es ein kurzer Text war. Dann standest du auf und verließt die Küche. Es war der Mist, den ich im Literaturhaus der Blaubrille verzapft hatte. Sogar vom verlorenen Vater war die Rede, der während der Kirchenzeremonie einem Engel gleich von der Kanzel schweben soll. Blaubrille hatte dazugeschrieben, das könnte der Stoff für einen neuen Roman sein. Rock riss mir die Zeitung aus der Hand und wurde krebsrot im Gesicht. Alles gelogen, sagte ich, ich schreib kein Buch über deinen Vater, keine Angst.

Du kamst in die Küche zurück, Marc. Dein Kinn zitterte. Du warfst mir meine Tasche und meine Kleider vor die Füße und verlangtest, dass ich abhaue, jetzt sofort. Ich zog mich vor euch nackt aus und fischte die Socken aus dem Kleiderhaufen. Du sagtest zu Rock, wenn deine Arbeitskollegen das lesen, wirst du zum Gespött der Firma. Himmel, die Zeitung muss eine Gegendarstellung drucken, notfalls per Gerichtsbeschluss!

Ich stopfte den Pyjama in die Tasche und sagte, Tschüss, ein schönes Leben euch beiden.

Den Wohnungsschlüssel, sagtest du.

Hab keinen mehr, Marc.

Den Wohnungsschlüssel.

Hab ihn verloren, Marc.

Her damit.

Der Hund hat ihn gefressen.

Ich will diesen Schlüssel!

Keine Angst, sagte ich.

13

Ich ging in den Park und legte mich auf eine Bank. Die Tasche nahm ich als Kopfkissen. Als ich aufwachte, war es schon fast Abend. Ich ging zur Baracke und kaufte ein Bier.

Mutter rief an und sagte, Beni ist joggen gegangen und nicht mehr zurückgekehrt.

Ist er bei dir?

Nein.

Timm! Sag mir die Wahrheit!

Ich sagte, vielleicht rennt er hier im Park herum, er liebt den vielen Sauerstoff, der bringt ihn zum Fliegen. Mutter sagte, ihr gefällt nicht, was ich mit Beni mache.

Ich schau mal nach, sagte ich.

Es waren andere Leute im Park, weil Sonntag war. Aber kein Beni weit und breit. Ich trank noch ein Bier und rief Mutter zurück. Sie sagte, Vater fährt seit zwei Stunden die Straßen ab und die Polizei ist auch informiert, aber keine Spur von Beni. Mutter machte mir Vorwürfe, weil ich Beni diese Uhr gegeben hatte. Er kann mit so was nicht umgehen, sagte sie, er ist nicht normal.

Beni ist normaler als wir denken, sagte ich.

Er war so ein fröhlicher, frecher Kerl.

Ich weiß, Mama.

Ich hätte ihn so gern zurück.

Sie fing an zu weinen. Ganz leise, aber ich merkte es dennoch. Ich versprach, überall nach Beni zu suchen, auch an Orten, die Vater nicht kannte. Ich werde Beni finden, sagte ich, in der ganzen Stadt werde ich nach ihm suchen und auch im Wald und …

Mama?

Sie hatte aufgelegt.

12

Rock, ich ging ins Wohnhaus und klingelte bei euch. Ich wollte Marc fragen, ob er mir sein Bike leiht, aber ihr wart nicht da. Also holte ich es selber aus Marcs Zimmer, schloss die Wohnung ab, trug es runter und fuhr los. Die Reifen waren wieder aufgepumpt.

Ich fuhr alle Straßen und Wege ab, auf denen ich jemals einen Jogger gesehen hatte. Es begann zu regnen und ich trat kräftig in die Pedale und spritzte über Plätze und Schulhöfe. Ich nahm auf nichts Rücksicht, weder auf Ampeln noch auf Autos noch auf Hunde noch auf Regenschirme.

Ich fuhr zum Wald hinauf, durch ihn hindurch und auf der anderen Seite wieder hinunter. Ich überquerte Weiden mit nassen Kühen, durchschnitt gespenstische Maisfelder und holperte über die Stollen eines aufgewühlten Ackers. Das Bike ertrank fast in der bitteren Erde und wüste Klumpen bissen sich an den Reifen fest.

Beni, wo bist du?, rief ich. Komm wieder herauf.

Nicht mal ein Echo.

Es regnete nun so stark, dass niemand mehr auf den Straßen war. Das Leben war wie weggespült und ich verirrte mich zwischen leeren, abgeschiedenen Dörfern. Plötzlich war es schwarze Nacht und ich schwitzte und fror und verfluchte Mutter, Beni und ganz doll mich.

Als ich endlich zurückfand und die Lichter der Stadt mich wiederhatten, schaute ich nochmals im Park vorbei, der jetzt nach Herbst und nassen Blättern roch. Ich drehte eine letzte, verzweifelte Runde, wobei ich jeden Hundehaufen und jede Scherbe zu treffen versuchte. Als der Hinterreifen platzte, fühlte ich so etwas wie Erleichterung.

Ich brachte das Bike zurück.

11

Tropfend und elend stand ich vor euch. Marc riss mir das Bike aus der Hand und trug es in die Wohnung. Ich blieb vor der Tür stehen und erzählte dir von Beni. Du musst meine Angst um ihn gespürt haben, jedenfalls schimpftest du nicht, sondern hörtest geduldig zu. Dann läutete mein Handy, es war Vater, er sagte, er hat Beni gefunden, er hat am kleinen See gesessen.

Jetzt lässt ihm Mutter ein warmes Bad ein, sagte Vater und ich sah, wie Beni mit zittrigen Beinchen in die Wanne steigt, seine bunten Gummienten um sich versammelt und darauf wartet, dass Mutter ihm eine Tasse heiße Schokolade bringt. Sie streichelt ihm über den Kopf und sagt, mein armer, kleiner Schatz, und er hält die Tasse mit beiden Händen und trinkt kleine, spitze Schlückchen.

Ich ließ das Handy sinken. Du fragtest, was los ist, ob man Beni gefunden hat. Ich starrte auf den Dreck, den ich vor deine Tür gebracht hatte.

Timm. Sieh mich an.

Ich sah dich an.

Haben sie Beni gefunden?

Ich nickte und schwieg.

Geht es ihm gut?

Ein heißes Zittern schlängelte sich über meinen Rücken.

So rede doch!

Ich brauchte lange, bis ich es sagen konnte. In der Zwischenzeit war auch Marc wieder unter der Tür erschienen, hatte den

Arm um deine Schulter gelegt und versuchte, dich sanft in die Wohnung zu ziehen. Ich sagte leise:

Beni ist tot.

10

Ihr nahmt mich zu euch in die Wohnung. Du halfst mir aus den nassen Sachen und stelltest mich unter die warme Dusche. Nachher wollte ich meinen Pyjama anziehen, aber der war in der Tasche und die hatte ich im Park auf der Bank liegen lassen. Du schicktest Marc in den Regen hinaus, um sie zu holen. Er sagte, das macht keinen Sinn, die hat längst jemand geklaut, aber er ging trotzdem hin und fand sie offen unter einem Abfalleimer. Meine Sachen waren feucht und durchwühlt, aber du hängtest alles behutsam über den Wäscheständer, auch das Wachstuchheft, und ich durfte dein Nachthemd-T-Shirt anziehen und eine weiche Trainingshose von dir.

In der Küche bekam ich einen Tee mit Honig und dann saßen Marc und ich stumm am Tisch und schauten dir zu, wie du das Abendessen kochtest. Es gab Wildragout mit Spätzle, Maroni und Preiselbeeren und es hatte zu wenig für Marc, weil wir zu dritt statt zu zweit waren und weil ich vom Biken großen Hunger hatte. Nach dem Essen traute sich Marc endlich zu fragen, wie mein Bruder gestorben ist.

Ertrunken.

Oh. Wo?

Im kleinen See.

Er ging sein Handy holen und ich sagte zu dir, dass Beni schon sein ganzes Leben am Ertrinken war, dass er tapfer gegen ein Meer aus Wörtern angestottert hat und nun doch untergegangen ist.

Im Netz steht nichts von einem Badeunfall, sagte Marc.

Er hat auch nicht gebadet, sagte ich.

Was dann?

Er hat seine Taschen mit Steinen gefüllt und ist dann –

Schon gut, sagtest du und streicheltest meine Hand. Marc wird jetzt aufhören, dich zu löchern, das ist unsensibel.

Ich erklärte, dass in den Medien nichts über Beni erscheinen wird, Vater hat seine Beziehungen spielen lassen, Mutter leidet schon genug.

Nach dem Dessert wollte ich hinausgehen. Marc lieh mir Kleider aus seinem Schrank. Ich sagte, ich gehe zu meinen Eltern, aber ich ging in die Kneipe. Die kleine blonde Aushilfe fand, dass ich anders aussehe als sonst, älter und reifer. Ich sagte, das liegt an den Kleidern, die ich von Marc geerbt habe.

Rocks Verlobtem?

Ex-Verlobtem.

Was ist passiert?

Er ist gestorben.

Jessas! Wann?

Heute Abend.

Sie wollte dich anrufen und ich sagte, es war ein Scherz, Marc erfreut sich bester Gesundheit, es ist mein Bruder, der gestorben ist, mein kleiner Bruder Beni.

Ist das auch wieder ein Scherz?

Frag Rock.

Sie telefonierte mit dir und nachher waren sämtliche Getränke für mich gratis. Sie fragte, wieso ich nicht bei meinen Eltern bin und ich sagte, jeder trauert auf seine Art und ich trauere lieber mit einem Freund.

Welchem Freund?

Freund Alkohol.

Vater rief an und fragte, ob alles in Ordnung ist, er hat ein seltsames SMS von dir erhalten.

Rock hat mir kondoliert.

Oha, sagte ich, da muss sie sich vertan haben, sie wollte Marcs Familie schreiben, nicht ihm.

Wer ist denn gestorben?

Seine Großmutter, sagte ich, was auch tatsächlich stimmte, wenngleich noch nicht ganz zu diesem Zeitpunkt.

Ich trank verschiedene Getränke und fühlte mich geborgen im mürben Kneipenlicht. Ich erzählte der kleinen blonden Aushilfe, dass Beni in einem schwarzen Loch versunken ist. Armer Beni, sagte sie und ich sagte, ich bin noch viel ärmer dran, schließlich ist Beni nun an einem besseren Ort, während ich hier weitermachen und meinen ersten Satz finden muss, ohne den es nicht weitergeht.

Gehen wir nachher weiter zu mir?, fragte sie.

Der Satz tauchte noch in dieser Nacht auf, Rock. Es war wie ein Stromschlag durch die Wirbelsäule. Leider konnte ich ihn nicht ins Wachstuchheft schreiben, es hing noch bei dir über dem Wäscheständer, also kritzelte ich ihn auf einen Bierdeckel. Ich war ergriffen von seiner Offenheit und Gnade. Ich las ihn der kleinen, blonden Aushilfe vor:

Lieber Beni, wenn du das liest, bist du tot.

Sie machte früher Schluss und ich half ihr mit den Stühlen. Sie löschte das Licht und nahm mich mit zu sich.

Ich schlief schlecht in ihrem Bett. Ich träumte von Beni. Wir liefen zusammen durch die Nacht und kamen an einem finsteren Wald vorbei. Ich hüpfte hinein, aber Beni blieb am Rand stehen und zitterte vor Angst und Kälte.

Komm schon.

Ich will nicht.

Trau dich.

Ich kann nicht.

Ich holte ein kleines oranges Krokodil aus meiner Hose und sagte, es gehört ihm, wenn er in den Wald kommt. Beni wollte das Krokodil unbedingt, aber er wollte nicht in den bösen Wald. Er fing an zu weinen und ich lachte ihn aus und da gab er sich einen Ruck und sprang mit geschlossenen Augen zu mir hinein. Ein Ast traf ihn am Hals und schnitt ihm den Kopf ab. Der Kopf rollte vor meine Füße und Beni sagte, ich will nach Hause.

9

Du fragtest, ob ich bei der Kleinen übernachtet habe. Ich sagte, nein, weil ich dir nicht wehtun wollte. Du hattest dir Sorgen gemacht, hattest sogar mal angerufen.

Ich war am See, sagte ich. Hab für Beni Totenwache gehalten.

Ach, Timm, Timi. Kind.

Du nahmst mich in die Arme, drücktest mich und fragtest, wie du mir helfen kannst. Genau so, sagte ich und roch an deinem Haar.

Du machtest ein feines Frühstück nur für mich und dich. Du erzähltest, wie es war, als der Hund starb, welche Leere du da empfunden hast und ich sagte, das ist nicht dasselbe, Hunde kann man neue kaufen, Brüder nicht.

Ich bin keine Idiotin.

Nimmst du mich nochmals in die Arme?

Nein, jetzt nicht.

Du machtest es trotzdem.

Nachher musstest du los, um verschiedene Dinge für die Hochzeit und das Häuschen zu organisieren. Ich ging auch raus und kaufte zwei Eimer Farbe. Ich strich mein Zimmer schwarz, Wände und Decke so schwarz wie die ewige Finsternis. Dem jungen Hund wurde schlecht von den Dämpfen, er kotzte in den Korridor und wir gingen an die frische Luft.

Als wir zurückkamen, fragtest du, was ich mit meinem Zimmer gemacht habe. Ein schwarzes Loch, sagte ich. Das hat Beni und mich zeitlebens verbunden und soll es auch über den Tod hinaus tun.

Ich kann darin Kontakt mit ihm aufnehmen, sagte ich.

Muss ich mir Sorgen machen?

Ich fand, du solltest dir lieber Sorgen um dich selber machen. Du hattest cremefarbene Stoffballen gekauft, um daraus Vorhänge oder Hochzeitskleider oder sonst was Gruseliges zu nähen. Ich fragte lieber nicht.

Später zog ich nochmals los und besorgte eine Urne. Sie glänzte wie ein Pokal. Ich ließ etwas Hübsches eingravieren:

Beni der Beste

Abends gingst du arbeiten und ich wartete in meinem Zimmer, bis Marc nach Hause kam und den Hackbraten, den du für uns vorgekocht hattest, aufwärmte. Er klopfte an meine Tür, trat ein und schreckte zurück. Ich lag in meinem schwarzen Zimmer bei Kerzenlicht auf dem Boden und balancierte die Urne auf dem Bauch.

Da kommt mein Bruder rein, erklärte ich.

Geht es dir besser?

Sehe ich so aus?

Trotzdem, ich kann dir das nicht ersparen. Komm bitte in die Küche.

Statt dem Hackbraten lag mein Buch auf dem Tisch. An den Rändern schauten hundert Post-it-Zettel heraus. Marc sagte, er war heute mit seinem ehemaligen Professor und Doktorvater zum Lunch verabredet. Der Professor hat in einer Buchhandlung einen Blick in mein Buch geworfen und gestutzt. Er hat es gekauft, gelesen und mit Anmerkungen versehen. Ob ich sie mir mal ansehen möchte. Nö, sagte ich, ich möchte lieber etwas essen.

Zuerst schaust du dir das Buch an.

Wozu? Ich weiß, was drinsteht, ich hab's geschrieben.

Nein, ich habe es geschrieben, sagte Marc. Oder zumindest einen großen Teil davon. Du hast meine Dissertation abgetippt.

Oder umgekehrt.

Was?

Ich war vor dir fertig.

Weißt du, wie man das nennt, was du getan hast?

Cut-up, sagte ich.

Diebstahl, sagte Marc und ich sagte, uns Schriftstellern ist es egal, wie andere unsere Technik nennen.

Du bist kein Schriftsteller mehr.

Kommt jetzt die Leier wieder?

Du bist tot, Timm.

Wie mein kleiner Bruder?

Literarisch tot.

Ich machte mir keine Sorgen. Meine Bücherstapel lassen sich nicht so einfach vom Sockel stoßen. Dachte ich.

8

Der Professor machte kurzen Prozess mit meinem Roman. In einem wütenden Aufsatz, der von den Medien gierig aufgesogen wurde, legte er dar, wie die Doktorarbeit seines ehemaligen Schützlings dummdreist missbraucht worden war.

Mit einem Schlag fand niemand mehr mein Buch gut. Plötzlich hatten es alle schon immer gewusst, dass der Roman nichts taugt, dass es ihm an Dramaturgie, Prämisse und Entwicklung fehlt und dass ein verblödetes Intellektuellenmilieu schuld an dem Hype ist. Die Talkshow, in der Kizzy und ich gesessen hatten, strahlte eine Spezialsendung zum Thema *Täuschung und Enttäuschung* aus, worin eine grauhaarige Frau klagte, das Buch ist überhaupt nicht schön zu lesen und es dürfte sich kaum jemand finden, der mehr als ein paar Seiten geschafft hat.

Unsere Meetings fanden nicht mehr in der Versicherung statt. Vater hatte sein Sitzungszimmerbüro räumen müssen und durfte auch in der Kantine keinen Tisch mehr belegen. So trafen wir uns in den neuen Verlagsräumlichkeiten, die der Verleger zusammen mit zwei Sekretärinnen in der Innenstadt bezogen hatte. Die hohen Zimmer waren überflutet von Büchern, die aus den Buchhandlungen zurückgeschickt wurden.

Wir saßen an einem polierten Mahagonitisch und Vater sagte, schöner Schlamassel. Ich fragte, ob wirklich niemand mein Buch gelesen hat und er sagte, doch, er. Er hatte einen Plan:

Als Erstes wollte er selber einen Aufsatz verfassen und die Öffentlichkeit über die Cut-up-Methode aufklären, damit jeder begriff, dass es in der Kunst erlaubt war, mit fremdem Material zu operieren. Blöd war nur, dass wir Marcs Dissertation nirgends als Quelle angegeben hatten, was zu einer Klage führen könnte.

Klage?, sagte der Verleger und machte ein Gesicht, als hätte er sein Lächeln verschluckt.

Zweitens: Ich soll einen Roman ohne Cut-up schreiben. Mein Buch war zwar tot, aber nicht mein Name, und wenn bald etwas Neues von mir erscheint, werden sich alle darauf stürzen, um zu sehen, ob es diesmal lesbar ist. Und das wird es sein, sagte Vater, denn diesmal werde ich einen Roman mit Dramaturgie, Prämisse und Entwicklung abliefern.

Bekommst du das hin?

Klar.

Wir brauchen einen Zeitplan.

Einen Monat, sagte ich.

Was?

In einem Monat bin ich fertig.

Vater boxte sich saftig in die Hand und der Verleger lächelte wieder. Auch ich begann zu lächeln, denn ich spürte eine unheimliche Kraft, ein wildes, entschlossenes Jetzt-oder-nie. Es war dieselbe Energie wie damals, als ich im Gymnasium aufgesprungen und mit brennendem Gesicht aus der Deutschstunde gerannt war, um Schriftsteller zu werden.

Ab sofort würde ich jeden Tag zehn Stunden arbeiten. Ich würde alle retten, den Verlag, die Buchhandlungen, Vater, Mutter, alle. Ich würde einen Roman schreiben, der die Leser und Leserinnen zurückgewinnt und mich mit den Kritikern, den Bestsellerlisten und der übrigen verlorenen Welt versöhnt.

Ich würde wieder zu dem Schriftsteller werden, den alle haben wollten und den auch du einmal haben wolltest, Rock. Mein neuer Roman würde einschlagen wie eine Bombe, das wusste ich ganz genau, das spürte ich, das brannte wie ein Stück Eis in meiner Brust.

Das Wichtigste war jetzt, dass ich sofort loslegte, bevor die Energie verpuffte. Ich sagte Tschüss zu Vater und Verleger und spurtete in die Kneipe.

7

Du hattest Tagschicht, das war perfekt.

Muse. Kneipe. Wachstuchheft.

Ich brauchte nur noch ein passendes Getränk.

Ich wollte es mit Rum probieren, da ich mal von einer Schriftstellerin gehört hatte, die mit Rum schnell und gut schreiben konnte. Oder war es Gin?

Ich winkte dir.

Du sahst mich nicht.

Rock?

Du wolltest mich nicht sehen. Ich hatte jetzt keinen Nerv für Spielchen, ich rief, he, es eilt, ich steh enorm unter Zeitdruck. Ich wedelte mit dem Wachstuchheft, doch du sahst stur in eine andere Richtung.

Mir war klar, dass Marc dahintersteckte. Er selber redete auch nicht mehr mit mir, behandelte mich wie Luft. Nun verlangte er, dass du dasselbe tatest. Aber wieso hörtest du auf ihn? Er bog dich immer mehr nach seinem Gutdünken zurecht, es war eine Schande. Du trugst schon wieder einen Rock.

Rock, bitte!

Du plaudertest mit einem weißhaarigen Opa. Lachtest und legtest deine Hand auf sein löchriges Wolljäckchen. Dann schlurfte ein neuer Gast herein, den du mit einem Küsschen links und rechts auf die Wange begrüßtest.

Was soll das?

Mutter hatte das auch mal gemacht, hatte mich zwei Wochen lang nicht beachtet. Aber da stand sie unter Schock wegen

Benis Unfall. Du hingegen standest nicht unter Schock, sondern unter schlechtem Einfluss. Das war ungerecht.

Jetzt stelltest du dich hinter die Theke und trocknetest Gläser ab. Ich ging zu dir.

Wieso machst du das?

Keine Antwort.

Sprich mit mir. Bitte.

Du riebst mit gesenktem Kopf an deinen Gläsern herum. Ich klatschte die flache Hand auf die Theke und sagte, das kannst du nicht machen, du doofe Vorstadtmutti! Da hobst du den Blick und ich schaute in einen Gewehrlauf.

Gibst du mir wenigstens eine Zigarette?, sagte ich. Ah nein, du hast ja aufgehört, wie du auch aufgehört hast, Rock zu sein. Richte Marc bitte aus, dass er ein feiger Manipulator ist.

Ich verließ die Kneipe und trank Rum und Gin in einem Straßencafé. Es stank nach Abgas. Wie soll man so schreiben können? Ich rief deine Mutter an und sagte, Marc hat dir verboten, mit mir zu reden, weil ich seine Diss gedisst habe. Deine Mutter hatte davon gelesen.

Rock darf das aber nicht tun, sagte ich, das halte ich nicht aus.

Man hält mehr aus, als man denkt.

Nein, ich dreh durch!

Du drehst nicht durch, Timm.

Bist du noch in der Klinik?

Deine Mutter war wieder zu Hause. Ich bat sie, in die Kneipe zu gehen und mit dir zu reden. Das mochte sie nicht tun, aber sie versprach, dich anzurufen. Vermutlich wirst du nicht rangehen, meinte sie, mit ihr redetest du ja auch nicht mehr und das schon seit geraumer Zeit.

Aus gutem Grund, sagte ich, du hast sie mit ihrem Vater betrogen.

Du machst es mir nicht leicht, dir zu helfen.

Sie wollte es dennoch versuchen. Sie würde sich bei mir melden, falls sie dich erreicht.

Ruh dich ein wenig aus, du Armer.

Ich bin nicht arm. Marc ist arm.

6

Ich hatte die Wohnung für mich. Marc hatte angefangen, den Hund mit ins Büro zu nehmen, wenn du tagsüber arbeitetest. Seine Zimmertür war mit einem neuen Schloss gesichert. Ich wollte wissen, was er vor mir versteckt, und versuchte das Schloss mit einem Schraubenzieher zu knacken. Ich glitt ab und riss mir den Finger auf. Es blutete so stark, dass ich damit auf die Tür schreiben konnte:

BALD WIRST DU FÜR IMMER SCHWEIGEN

Es sah aus wie in einem Horrorfilm. Das wird ihn zum Reden bringen, wetten?

Mein Handy läutete. Es war Beni. Er hatte Feierabend und war auf dem Heimweg. Ich fragte, ob er zu Hause rennen geht und er sagte, nein, er war schon in der Mittagspause. Er war an der Kneipe vorbeigekommen und hatte mir seine Turnschuhe zeigen wollen.

Mittags war ich noch nicht da, sagte ich.

I-ich weiß. Rock war komisch.

Hat sie mit dir auch nicht geredet?

Sie hat das Tablett fallen lassen.

Was?

Als hätte sie einen Geist gesehen.

Oh Shit.

I-ich glaube, sie war betrunken.

Nein, Beni, das sind die Hormone. Sie ist schwanger.

Du wirst Papa?

Ich füllte einen Eimer mit Wasser und wusch das Blut von Marcs Tür. Deine Mutter rief an. Ich warf das Handy in den Eimer und sah zu, wie es auf den Boden sank. Das Display zuckte, dann erlosch es und Ruhe kehrte ein. Ich zog meine Jacke an und ging in den Park.

Die Baracke war voll. Ich trank Rum und Gin. Ich trank drinnen und draußen. Es wurde früh dunkel und die bunten Glühbirnen unter der Dachrinne tanzten. Ich trank, bis ich kein Geld mehr hatte. Kredit wollten sie mir keinen geben. Nach Hause wollte ich nicht. Ich streckte mich auf einer Bank aus und wartete, bis mich die schwarze Nacht verschluckte.

5

Am nächsten Tag wachte ich auf, weil ich ein Ziehen an meiner Hose spürte. Ich öffnete die Augen und sah den alten Asphaltcowboy, der sich über mich beugte.

Sorry, Kleiner, sagte er und zog die Hand aus meiner Hosentasche. Er wollte nur mal nachsehen, ob ich was für die Musik übrig hatte. Hab gar keine gehört, sagte ich und richtete mich auf. Es war Mittag und die Sonne glühte schwarz in meinen Augen.

Schwere Nacht gehabt?

Ich war im falschen Himmel.

Kleiner Freizeitphilosoph, hm?

Er tippte sich an den Hut und ging.

Ich stützte den Kopf auf die Hände und schaute auf den Boden. Es gelang mir, nichts zu denken. Vor meinen Füßen lagen rote Herbstblätter. Ich zählte sie. Ein schwarzes Klapphandy lag auch da. Könnte dem Asphaltcowboy rausgefallen sein. Ich hob es auf und ging ihn suchen. Ich suchte den ganzen Park ab. Ich fror in der warmen Sonne.

Zu Hause trank ich kalten Sprudel aus dem Kühlschrank. Die Wohnung schwieg mich an. Auf dem Küchentisch lag ein Einkaufszettel, den Marc für dich geschrieben hatte:

Tomatensaft
Brühwürfel
Weichspüler
Glasreiniger

Feuchttücher
Nasenspray
Fleckenentferner
Topfuntersatz

Am Ende der Liste stand:
Liebe dich, Prinzessin.
Dabei warst du mal eine Königin.

Hier hatte ich nichts mehr verloren. Ich schrieb ein paar Abschiedsworte auf einen Zettel und schob ihn unter Marcs Tür durch:

Immer schön aufpassen auf Rock.
Bist du nicht gut zu ihr,
bin ich zurück bei dir.

Anschließend nahm ich von deinem Zimmer Abschied. Es roch nicht mehr nach dir. Dafür lag da in der Ecke noch ein Andenken an die frühere Rock. Ich packte es ein.

Am nächsten Geldautomaten ließ ich alles raus, was ging. Ein Polizeiauto mit Blaulicht heulte vorbei. Ich überlegte, ob ich nach links oder nach rechts gehen soll, da surrte es in meiner Hose. Das Klapphandy.

4

Das ist meins, du Arschloch.

Ich bin kein Arschloch.

Wer ist da?

Der Freizeitphilosoph.

Der kleine Penner aus dem Park?

Ich bin nicht klein.

Der Asphaltcowboy nannte mir eine Kneipe, in der ich auf ihn warten soll. Sie lag im gleichen Quartier wie meine und sah aus wie eine Spitalcafeteria.

Es dauerte ewig, bis er kam. Ich gab ihm das Klapphandy zurück. Er legte seinen Hut auf den Tisch und bestellte zwei Krüge Bier bei einer dicken Serviererin. Sie sagte, er soll erst mal seine Schulden bezahlen.

Bestell du für uns, Kleiner.

Er nahm einen großen Schluck und ich nahm einen noch größeren, weil er mir zusah. Ich leerte den Krug in einem Zug und er grinste. Mir wurde warm von seinem dreckigen Grinsen.

Er fragte die dicke Serviererin, wie viel er ihr schuldet. Sie holte einen Bund Kassenbons, rechnete alles zusammen und schrieb eine ziemlich große Zahl auf ihr Blöcklein.

Fick mich in' Arsch, sagte er.

Ich bestellte zwei weitere Krüge. Diesmal staunte er nicht mehr, obwohl ich genauso schnell trank wie zuvor. Ich sagte zur Dicken, ich möchte zahlen. Sie zählte die vier Bier zusammen und ich sagte, nein, alles, auch das andere.

Jetzt grinste der Asphaltcowboy so breit, dass man seine

krummen Zähne sehen konnte. Er langte über den Tisch, packte mich an der Schulter und schüttelte mich. Er hatte Kraft in seiner sehnigen Hand und ich dachte, ich will auch mal so sein wie er, wenn ich alt bin, so kaputt und verbraucht, so wild und frei. Nur meine schönen Zähne wollte ich behalten.

Wir essen was, beschloss er.

Es gab Fleisch mit Reis. Ich kaufte uns weitere Krüge und als mein Geld aufgebraucht war, gingen wir nach draußen und rauchten eine Zigarette in den Himmel. Es war Nacht geworden, eine helle Mondnacht, in der alles möglich schien. Ich fragte den Asphaltcowboy, ob ich seinen Hut aufsetzen darf. Junges Partyvolk zog an uns vorüber, es war laut auf der Straße und ich fühlte mich groß und stark mit dem Lederhut.

Ich zeig dir jetzt eine richtige Kneipe, sagte ich.

Wir sind pleite, Kleiner.

Hab unendlich Kredit dort.

Fick mich in' Arsch, sagte er.

Ich hoffte, dass du Spätschicht hast. Ja, du warst da. Trugst einen Rock aus Jeans. Kamst an unseren Tisch und ich sagte:

Steht mir gut, der Hut?

Du fragtest den Asphaltcowboy, was er trinken möchte. Er nahm mir den Hut vom Kopf, setzte ihn sich selber wieder auf und sagte:

Wie heißt du, Kleine?

Nenn mich nicht Kleine.

Dann bring uns mal 'ne Flasche Whiskey, Kleine.

Hopp, hopp, sagte ich.

Du brachtest die Flasche, aber nur ein Glas.

Und für mich?, sagte ich.

Du sahst durch mich hindurch.

Beni lebt wieder, sagte ich, aber das konnte dich jetzt auch nicht mehr umstimmen. Vorne kippte ein alter Depp sein Weinglas um und du holtest einen Putzlappen.

Der Asphaltcowboy meinte, du stehst auf mich. Ne, sagte ich, Rock verachtet mich. Hast ja keine Ahnung von Weibern, he, he! Hin und wieder muss man sie zu ihrem Glück zwingen. Sein Lachen klang wie Husten. Dann stand er auf und watete auf seinen schiefen Absätzen in Richtung Toilette.

Ich ging zur Theke, um mir ein Glas zu holen. Du kamst hinzu und nahmst es mir weg. Ich nahm ein anderes und du risst mir auch dieses aus der Hand. Du schobst streitlustig das Kinn nach vorn, als wartetest du darauf, dass ich dich packte und zu deinem Glück zwang.

Auf der Theke läutete dein Handy. Es war Marc. Er sagte, Großmutter geht es schlecht. Wie ich heraushörte, lag sie mit einer Blutvergiftung im Spital.

Ruf an, wenn sie zu sich kommt, sagtest du. Egal, um welche Zeit.

Ich fragte, ob euer blödes Häuschen in Gefahr ist, wenn Omilein stirbt. Da gabst du mir eine Ohrfeige. Hättest du keinen Rock angehabt, hätte ich mich sofort auf dich gestürzt, aber so hatte ich Hemmungen. Du gabst mir eine zweite, härtere Ohrfeige. Es wurde still in der Kneipe. Alle hielten den Atem an und warteten darauf, dass ich das Richtige tat. Du auch. Deine Nasenflügel zitterten und deine Augen waren zu kleinen Punkten geschmolzen.

Rock 'n' Roll, sagte ich und versuchte, dich in den Schwitzkasten zu nehmen. Wir fielen hin, ich schlug mit dem Kopf auf und kriegte deinen Ellbogen ins Gesicht. Ein Gehege aus

Beinen wuchs um uns herum und ich hörte die Kommentare der Alten. Sie wunderten sich über deine Wut und Raserei. Der Rock war dir hochgerutscht und alle sahen dein Höschen, aber darüber sagte niemand was.

So wüst hatten wir noch nie gekämpft. Du zerkratztest mein Gesicht. Schließlich bekam ich dich doch noch in den Schwitzkasten und drückte zu. Ich drückte mit allem, was ich hatte. Ich durfte dich nicht mehr loslassen, auf keinen Fall, weil du mich sonst umbringen würdest und weil ich dich so entsetzlich liebte.

Dann schoss ein Blitz durch meinen Kopf. Dann noch einer und noch einer. Jemand trat mich mit voller Wucht in die Rippen und die Nieren. Ich sah einen Stiefel. Er gehörte dem Asphaltcowboy. Ich ließ dich los.

Während ich mich zum Tisch schleppte, nahmen dich die anderen in ihre Mitte. Sie streichelten dich, zupften deine Bluse zurecht und strichen deinen Rock glatt. Ich legte die Whiskeyflasche und das Glas in meine Tasche und ging. Niemand hielt mich auf.

Eigentlich hätte mir alles wehtun müssen, aber ich spürte nichts. Da war nur ein heißes Summen in meinem Bauch. Die Liebe war wieder ausgebrochen und breitete sich wie eine Säure im Körper aus.

Ich ging in den Park und trank Whiskey aus dem Glas. Dann pisste ich ins Gebüsch und suchte einen Schlafplatz. Alle Bänke waren besetzt. Eine wurde dann frei, als ich mich daneben übergeben musste.

Wenn ich die Augen schloss, sah ich, wie sie bei dir standen und mir böse Blicke zuwarfen. Ich schlief mit offenen Augen ein.

3

Ich wachte früh auf. Es regnete in Strömen. Es war finstere Nacht und die Baumstämme glänzten, als hätte sie jemand mit Erdöl eingerieben. Ich setzte mich auf und schaute mich um. Die anderen auf den Bänken blieben einfach liegen, spuckten und gurgelten im Schlaf. Wie machten sie das? Ich taugte nicht zum Penner. Ich taugte zu überhaupt nichts.

Ich fragte mich, wie es so weit hatte kommen können. Wo ich falsch abgebogen war, um auf diesem Irrweg zu landen. Aber ich kannte die Antwort. Ich wusste es schon die ganze Zeit. Ich war kein Schriftsteller. Ich war kein Künstler. Ich war nicht mal ein richtiger Alkoholiker. Alles nur Getue, um davon abzulenken, dass ich nichts Besonderes war. Ich war bloß Timm.

Das Denken hier im Regen, der wie Trauben durchs Blätterdach fiel und mir den Nacken runterlief, hatte etwas Erlösendes. Es war eine reinigende Waschung, die mich von falschen Ideen befreite. Ab heute brauchte ich nichts mehr zu spielen. Ich brauchte keinem perfekten Satz mehr hinterherzujagen, die Welt kam auch ohne meine Romane aus. Aber ich kam nicht ohne meine Welt aus. Ich hatte Heimweh.

Ich beschloss, zu meiner Familie zurückzukehren und wieder daheim zu wohnen. Ich würde Benis Zimmer nehmen, dann kann er meins behalten. Es wird ihn freuen, dass ich wieder einziehe, und wenn Beni sich freut, freut sich auch Mutter. Und auch Vater wird sich freuen, denn nun kann er einen neuen Timm managen, Timm, den Schüler oder Timm, den Versicherungslehrling. Ich war noch jung, ich hatte mein ganzes Leben vor mir. Ich war nicht verloren, im Gegenteil, ich war voller Spannung und Hoffnung und Freude. Hier im dunklen, nassen, trostlosen Park spürte ich tatsächlich wieder diese verrückte Jetzt-oder-nie-Energie.

Ich stand auf und schüttelte den Regen von der Tasche. Ich war nass bis auf die Unterhose. So wollte ich nicht nach Hause zurückkehren, ich musste nochmals in die Wohnung und mich in Form bringen.

Leise schloss ich die Tür auf, schlich mich ins Badezimmer, duschte und putzte die Zähne. Mein Gesicht sah übel aus, ich strich Salbe auf die Beulen und Wunden.

Marcs Zimmertür stand weit offen. Ich nahm die Einladung an und lieh mir eine frische Unterhose aus seinem Schrank.

Ich steckte deinen Haarföhn in der Küche ein, stellte mich auf den Balkon und blies meine Kleider trocken. Es hatte aufgehört zu regnen, der Himmel riss auf und ein goldenes Blau schlüpfte aus. Alles war neu, wie frisch getauft und so verheißungsvoll.

Unten sah ich deine Mutter auf das Haus zusteuern. Sie verschwand darin und ich ging die Wohnungstür öffnen, damit sie nicht klingelte. Sie war überrascht, mich in Unterhose zu sehen.

Sie schlafen noch, flüsterte ich.

Was ist mit deinem Gesicht passiert?

Gehört Marc.

Was?

Die Unterhose. Komm rein.

Deine Mutter hatte Croissants und ein Glas Honig mitgebracht. Während ich auf dem Balkon weiter meine Kleider föhnte, bereitete sie das Frühstück für euch vor. Sie sagte, sie hat sich mit dir versöhnt. Dank mir, weil ich sie gebeten hatte, dich anzurufen. Ihr hattet euch getroffen und über alles geredet – wirklich über alles.

Trinken wir einen Kaffee zusammen?

Ich stellte den Föhn ab und ging hinein. Mir war nicht wohl, in Unterhose mit deiner Mutter am Tisch zu sitzen, aber ihr schien es nichts auszumachen. Sie war in Hochform, blühte in den kräftigsten Farben und ich musste an damals denken, als wir uns das erste Mal hier gegenübersaßen und zu viel Wein tranken. Was seither doch alles geschehen ist. Ein ganzes Buch voll.

Siehst gut aus, sagte ich.

Wer hat dich so zugerichtet?, sagte sie.

Egal, sagte ich, ich fange ein neues Leben an.

Deine Mutter holte ein kleines Kästchen aus ihrer Tasche und stellte es auf den Tisch. Ein Schatzkästchen, worin sie Fotos und Andenken aus deiner Kindheit aufbewahrte. Heute wollte sie es dir schenken.

Steckt da auch Rocks Vater drin?

Nein, nur schöne Dinge.

Weiß sie jetzt, wer es ist?

Ja, sagte deine Mutter. Sie kann es auch mir sagen, wenn ich möchte. Dauert es lange?, fragte ich, da ich nach Hause wollte. Deine Mutter sagte, sie erzählt mir die Kurzversion. Gut, sagte ich, kurz und schmerzlos. Schmerzlos nicht ganz, sagte sie. Sie hat dich nicht freiwillig bekommen.

2

Deine Mutter erzählte mir von dieser Party, an der sie mit ihren Freundinnen war. Sie waren alle noch blutjung und nur einer war schon etwas älter und reifer. Er gefiel deiner Mutter. Bis er sie dann, noch am selben Abend – du weißt schon.

Deine Mutter erzählte es mir mit ruhiger Stimme. Auch, was danach geschah, wie sie mit niemandem darüber reden konnte und es mit Drogen und Alkohol zu verdrängen versuchte. Wie sie die Nächte durchtanzte, weder schlief noch aß und Monate später halb von Sinnen in die Psychiatrie eingeliefert wurde. Wo man dann feststellte, dass sie schwanger war.

Ich sagte zu deiner Mutter, das ist die traurigste Geschichte, die ich je gehört habe. Sie lächelte und sagte, aber jetzt kommt das Happy End: Du kommst. Deine Mutter hielt dich als warmes Bündel in den Armen und liebte dich wie nichts auf der Welt. Du warst ihr Stern, ihr Goldschatz und ihr Sonnenschein. Du warst von der ersten Sekunde an ihr Ein und Alles, bist es bis heute geblieben und wirst es für immer und ewig bleiben.

Mein Hals zog sich zusammen, während deine Mutter so glücklich über dich sprach. Ich spürte, wie mir die Tränen kamen, und biss schnell in ein Croissant. Deine Mutter merkte es und lachte fröhlich und ich wusste, sie war geheilt. Wir beide waren geheilt.

Immer, wenn jemand wissen wollte, wer dein Vater ist, hat deine Mutter gesagt, sie kann es nicht sagen. So nahmen die Leute an, sie hätte eine wilde Zeit gehabt und mit unzähligen Männern geschlafen. Ab dem zwölften Lebensjahr wolltest du mehr über deinen Vater erfahren. Deine Mutter konnte dir aber nicht mehr sagen als den anderen. In deiner Vorstellung war dein Vater ein abenteuerlicher Held und dieses Bild wollte sie dir nicht mit der Wahrheit kaputtmachen. Eure Beziehung verschlechterte sich. Es half auch nichts, dass deine Mutter dir in ihrer Hilflosigkeit ein altes Rasierwasser schenkte und behauptete, das sei der Duft deines Vaters. Es machte dich erst recht misstrauisch. Du rochst jeden Abend vor dem Zubettgehen daran, bis der Inhalt verflogen war.

Ich fragte deine Mutter, wo dein Vater heute ist. Sie sagte, es hieß damals, er sei ins Ausland gezogen. Sie hatte ihn nie mehr gesehen.

Bis neulich, sagte sie. Du warst dabei.

Ich war dabei?

Im Park. Der Kerl, der mit dem Hut Geld sammelte.

Mir wurde eiskalt. Die Tür ging auf und der junge Hund kam in die Küche, gefolgt von dir. Du trugst dein Nachthemd-T-Shirt und sahst müde und verkatert aus. Du trankst ein Glas Wasser an der Spüle und sagtest zu deiner Mutter, ich soll verschwinden. Ich ging auf den Balkon und stieg in meine feuchten Kleider. Marcs Unterhose behielt ich an. Ich sagte Tschüss zu euch und dann redetest du doch noch mit mir:

Den Schlüssel.

Das waren deine letzten Worte zu mir. Während ich ihn aus der Tasche kramte und auf den Tisch legte, durchstöbertest du den Vorratsschrank. Deine Mutter fragte, was du suchst und du sagtest, Zigaretten.

Ist aber nicht gut für das Baby, sagte ich.

Das waren meine letzten Worte zu dir. Deine Mutter sah erst mich an, dann dich. Sie strahlte. Du hieltest dir die Hände vors Gesicht und begannst zu weinen. Deine Mutter ging zu dir und du öffnetest deine Arme und umarmtest sie. Die Tränen kullerten dir über die Wangen und deine Mama drückte dich und hielt dich fest. Du zittertest und schluchztest wie ein kleines Mädchen und deine Mama küsste und streichelte dich und sagte, schon gut, mein Kind, alles ist gut, mein Kind.

Ich ließ euch allein. Im Korridor kreuzte ich den Asphaltcowboy, der aus deinem Zimmer kam. Er war nackt und ging in Richtung Küche. Ich war schon aus der Wohnung, als ich deine Mutter hörte. Sie schrie wie am Spieß. Ich stieg die Treppe hinab.

Unten traf ich auf Marc. Er hatte schwarze Augenringe. Er gab mir die Hand und sagte, Großmutter ist gestorben. Ich kondolierte ihm. Dann stellte ich meine Tasche ab und zog die Schuhe aus, die Hose und die Unterhose. Ich faltete die Unterhose zusammen und überreichte sie ihm. Er trug sie die Treppe hoch und ich zog mich wieder an.

1

Ich klingelte. Mutter machte mit einer Gießkanne in der Hand auf. Vater ist nicht da, sagte sie, er ist mit Beni rennen gegangen.

Kann ich reinkommen?

Ich habe nicht viel Zeit.

Wir gingen ins Wohnzimmer. Ich schaute zu, wie Mutter die Pflanzen goss. Ich erkundigte mich nach Benis früherem Zimmer, fragte, was daraus geworden ist. Ob es noch leer ist.

Leer?

Mutter lachte trocken und stellte die Gießkanne ab. Wir stiegen die Treppe hoch und sie stieß die Tür zum Zimmer auf. Es war bis unter die Decke mit Bücherkisten gefüllt.

Der Keller ist auch voll, sagte sie.

Kann ich etwas trinken?

In der Küche roch es nach warmem Kuchen. Benis Sportuhr lag auf dem Tisch, das Armband war gerissen. Ich fragte, ob Mutter meine Geschichte noch hat. Welche Geschichte? Die vom Kinderschreibwettbewerb, mit der ich den Kugelschreiber gewonnen habe. Sie konnte sich nicht mehr daran erinnern. Ich sagte, sie hat sie in den roten Ordner getan. Den roten Ordner gibt's schon lange nicht mehr, sagte sie.

Wieso nicht?

Man kann nicht alles aufbewahren.

Aber das war ein Stück Kindheit von mir, sagte ich und wurde wütend. Mutter sagte, ich soll kein Theater machen, da machte ich erst recht eins.

Warte, sagte sie, ich habe ein anderes Stück Kindheit für dich.

Sie stieg in den Keller hinab und ich hörte, wie sie Bücherkisten herumschob. Als sie zurückkehrte, gab sie mir ein Stoffsäcklein. Ich öffnete es und holte ein kleines oranges Krokodil heraus. Mutter musterte mein wundes Gesicht, während ich das Krokodil in der Hand hin und her drehte. Ich drückte auf den Bauch und es quietschte lustig.

Eigentlich gehört das jetzt Beni, sagte ich.

Ich weiß, sagte sie.

Warum gibst du's dann mir?

Für dein Kind. Beni sagt, du wirst Vater.

Mutter musste auf die Toilette. Ich ging ins Wohnzimmer und holte die teure Cognacflasche aus der Vitrine, die für Gäste reserviert war. Ich verstaute sie in meiner Tasche und öffnete die Haustür.

Tschüss Mama, sagte ich leise.

0

Die Badeanstalt am kleinen See ist geschlossen. Ein kalter Wind bläst und es hat wieder zu regnen begonnen. Ich klettere über den Zaun und sehe mich um.

Seit Benis Unfall bin ich nicht mehr hier gewesen. Es hat sich nicht viel verändert. Die Garderobe aus dem säuerlich riechenden Holz ist ebenso noch da wie der Steintisch, an dem Beni und ich uns immer den Kopf angeschlagen haben. Er steht unter einem Vordach und ist trocken, man kann hier prima schreiben. Ich will dir einen Roman schreiben, Rock, einen Abschiedsroman. Damit du verstehst, wieso das alles so gekommen ist.

Ich hole den Kugelschreiber und das Wachstuchheft aus der Tasche, den Cognac und deine kaputten Jeans. Ich ziehe meine Hose aus und deine Jeans an. Mir ist, als wären sie noch ein bisschen warm von dir. Dann gehe ich ans Ufer, setze das kleine orange Krokodil aufs Wasser und sehe zu, wie es hinaustreibt. Es sagt, es hat Angst, aber das ist nicht mehr nötig.

Bis gleich, sage ich, suche ein paar Steine zusammen und lege sie am Ufer bereit.

Dann setze ich mich an den Tisch und klappe das Wachstuchheft auf. Ich weiß meinen ersten Satz. Er ist perfekt und wartet nur darauf, dass ich ihn hinschreibe. Es ist ein Satz voller Hoffnung und Erlösung.

Liebe Rock, wenn du das liest, bin ich tot.

Mutter ist an den See gekommen.

Tom Zürcher, 1966 geboren, ist feier Texter. Meistens textet er in Zürich. Er textet alles, was das Leben von ihm verlangt, doch am liebsten textet er Romane. Keine Mitgliedschaften, keine Jurys, keine Pläne. In festen Händen.

Tom Zürchers letzter Roman »Mobbing Dick« war 2019 für den Deutschen Buchpreis nominiert.